HEINZ G. KONSALIK

Der Leibarzt der Zarin

Heinz G. Konsalik

DER LEIBARZT DER ZARIN

Roman

BASTEI LÜBBE

1. Auflage 1972
2. Auflage 1973
3.– 4. Auflage 1974
5.– 6. Auflage 1975
7.– 8. Auflage 1976
9. Auflage 1977
10.–12. Auflage 1978
13.–14. Auflage 1979
15.–17. Auflage 1980
18.–19. Auflage 1981
20.–21. Auflage 1982
22. Auflage 1983
23. Auflage 1984
24. Auflage 1985
25. Auflage 1986
26. Auflage 1987
27. Auflage 1990

Herausgeber: Bastei-Verlag Gustav H. Lübbe,
Bergisch Gladbach
Printed in Western Germany 1990
Einbandgestaltung: Manfred Peters
Gesamtherstellung: Ebner Ulm
ISBN 3-404-10055-7

I

Moskau, im Jahre 1564 . . .

Durch den Kreml-Palast gellten laute Schreie. Sie brachen sich an den dicken Steinwänden und verloren sich in den dämmrigen Gängen und den gruftähnlichen Zimmern und Sälen.

Die Türsteher an den niedrigen Eingängen, durch die man nur hindurchgehen konnte, wenn man demütig den Nacken beugte, diese stummen, mit über der Brust gekreuzten Armen dastehenden Leibeigenen, rührten sich nicht.

Schreie im Kreml – wen kümmert das? Was diese Quadermauern schon gehört hatten an Flüchen und Verwünschungen, an Stöhnen und Todesröcheln, hätte sie längst morsch werden lassen müssen. Aber sie waren für die Ewigkeit gebaut, meterdick, und schluckten jeden Schall.

Es waren zwei Frauenstimmen, die da schrien, eine helle und eine dunkle. »Einen Arzt!« schrien sie. »Holt den Arzt der Zarin . . .«

Die Türsteher rührten sich nicht. Es war nicht ihre Aufgabe, Botengänge zu tun. Sie hatten wie Säulen zu stehen, Erzengel vor den Gemächern des Zaren. Aber aus den Augenwinkeln sahen sie sich an.

Was ist, Brüderchen? fragten ihre Blicke. Einen Arzt? Ist der Zar zurückgekommen? Ist er nicht oben in Litauen? Oder in Polen?

Man weiß es nicht, Väterchen. Der Zar ist weg, und der Zar ist da . . . Keiner sieht ihn kommen oder gehen. Wenn sein Schatten über Moskau fällt – merkt man es früh genug. Die Bojaren tragen den Kopf tiefer, die Kaufleute betreten bleich den Kreml, die Höflinge zittern, und die Djaki – das sind die speichelleckenden Beamten des Hofes – schrumpfen zusammen zu Zwergengröße.

Zwei Kammerfrauen rannten durch die niedrigen Türen. Jammernd verschwanden sie in den langen, halbdunklen Gängen.

»Die Zarin«, sagte der linke Türsteher leise. »Gestern war sie noch gesund und betrunken. Sie tanzte in ihrem Zimmer, spuckte mich an und sagte: ›Bist ein großer, strammer Kerl, du Aas!‹ Weißt du's noch?«

»Sie ist ein wildes Weibchen, mein Söhnchen. Ich glaube, der Zar ist nicht da, und sie langweilt sich. Da wird man schnell krank. Das heiße Blut kocht über.«

Die Kammerfrauen kamen zurück. Ihnen folgte ein großer, schlanker Mann in einem schwarzen Anzug und einer offenen Pelerine um die Schultern. Unter blondem Haar, das bis zu den Schultern reichte, blickten blaue Augen auf die beiden Türsteher, die ihre Piken vor dem Eingang kreuzten.

»Ich bin der Arzt«, sagte der schlanke, große Mann. »Die Zarin ruft mich.«

Die Piken blieben gekreuzt. Ausdruckslos starrten die Türsteher an dem Fremden vorbei ins Leere.

»Laßt ihn durch, ihr Idioten!« schrie eine der Kammerfrauen. »Die Zarin ist ohnmächtig geworden. Der erhabene Zar wird euch vierteilen! Gebt den Weg frei!«

Die Piken zuckten zurück, so wie ein Schloß aufschnappt. »Danke«, sagte der Mann höflich. »Merkt euch mein Gesicht, Freunde. Der Zar wird befehlen, daß ich zu allen Räumen freien Zugang habe. Ich bin Arzt. Auch für euch ...« Er beugte den Kopf tief hinunter und ging durch die Tür in die Räume des Zaren. Die beiden Türsteher blickten sich wieder aus den Augenwinkeln an.

Hast du gehört, Väterchen? besagte der Blick. Ein neuer Arzt. Ein Ausländer, man hört's an der Sprache.

Er wird nicht lange im Palast bleiben, Söhnchen.

Den letzten Arzt hat der erhabene Zar geblendet, ihm die Zunge herausreißen lassen und entmannt. Warum? Er hat dem Zarewitsch ein Pülverchen eingegeben, nachdem er sich erbrochen hatte. Das war nötig, aber der erhabene Zar dachte an Vergiftung. Er ist mißtrauisch geworden, unser großes Väterchen, nachdem man sein erstes Weibchen, die schöne Anastasia, mit einem Gifttrunk umgebracht hat. Überall sieht er Mord und Feinde. Gott habe Gnade mit ihm! Aber dieser neue Arzt ... auch er wird nicht alt werden.

Die Zarin Marja Temrjuka war eine Frau, von deren Schönheit man träumen konnte.

Iwan IV. hatte sie erobert, wie man eine Festung erobert. Zuerst war sie nichts als eine Beute gewesen, eingefangen mit anderen Tausenden, die beim Fall von Kasan in die Hände der russischen Truppen geraten waren. Nach der blutigen Niederwerfung der Tataren, nach langen Belagerungen und Gemetzeln, war auch der Tscherkessenfürst Temrjuk Tscherkassky mit seiner Tochter Marja vor Iwan hingetreten. Er hatte sein Haupt gebeugt, sein Schwert dem großen Zaren vor die goldenen, bestickten Schuhe gelegt und sein Leben in die Hand des Erhabenen gegeben.

Damals wußte jeder: Tscherkassky hatte keine Chancen, zu überleben. Vor ihm waren alle tatarischen Fürsten enthauptet oder gehenkt worden. Der Siegeszug Iwans war zur blutigen Straße geworden. In Kasan hallten die Gassen tagelang wider von den Schreien der Gemarterten.

Tscherkassky hatte mit seinem Leben abgeschlossen. Er wartete auf Iwans kurzes Wort: »Tötet ihn!« Aber dieses Wort blieb aus. Der Zar blickte Marja an, kurz und kritisch. Seine harten Augen über der mächtigen Hakennase glitzerten.

»Ich will dich und deine Tochter in Moskau sehen«, sagte Iwan knapp. »Steh auf, Temrjuk, und danke Gott.«

Marja blieb in Iwans Nähe. In Moskau nahm er sie zur Frau. Sie war ein Weib mit vollen Brüsten, schmalen, biegsamen Hüften und langen, schlanken Beinen. Ihre großen, dunklen Augen waren ein ständiges Feuer, eine immerwährende Lockung, eine nie versiegende Begierde. Meist trug sie einfache tscherkessische Kleider wie die Hirtenmädchen in den endlosen Steppen. Aber immer waren in ihr langes Haar Rosen und Nelken, Glockenblumen oder Mohn geflochten. Die Fingernägel waren rot gefärbt und leuchteten wie die bemalten Lippen. Und um den herrlichen Körper klimperte eine Fülle von Armreifen, Goldketten und orientalische Fußreifen.

Ihr Vater hatte Marja Unterricht in der Liebe erteilen lassen — nach Art der Haremsfrauen und mit allen Raffinessen orientalischer Verzauberung. Vor diesen Künsten hatte der große, starke Iwan kapituliert. Wenn Marja ihren türkisch-tscherkessischen Tanz vor ihm vollführte, dann in seine Arme flog wie ein wilder Vogel und alle Liebeskünste über ihn ausschüttete wie eine Sturmflut, schwankte Iwan am nächsten Morgen hohläugig und bis ins Mark erschöpft aus dem Zimmer und stierte den Hofmarschall an, der jeden Morgen im Vorzimmer auf seinen Herrn wartete.

»Sie kann einen umbringen«, sagte Iwan einmal nach einer solchen Nacht. »Aber es ist ein herrlicher Tod.«

Jetzt war der Zar fern von Moskau. Irgendwo im Norden wütete er, ließ seine Feinde — oder die, die er dafür hielt — hinrichten, blenden, entmannen, immer in aller Öffentlichkeit, wie der Chef einer Theatergruppe, der keine Harlekinaden spielt, sondern seinem Publikum die Schrecken absoluter Herrschaft vorführt.

Ab und zu brachten Kuriere auf zusammenbrechenden Pferden Botschaft von ihm.

An mein geliebtes Weib.

An meine Rose von Kasan.

An meinen Zauber der Liebe.

Marja las die Briefe, zerriß sie und empfing ihre heimlichen Liebhaber. Es gab Gänge im alten Kreml, die kaum jemand kannte. Er war ein Fuchsbau, ein Labyrinth — auf der Erde und tief unter der Erde. Und dort gab es Räume, die man betrat, um nie wieder an die Sonne zu kommen: das Reich der ›Toten Seelen‹. Ein Spielzeug für Iwan IV., den man auch den ›Schrecklichen‹ nannte.

Der junge Arzt war in das Zimmer der Zarin geführt worden und verneigte sich tief. Hinter ihm verließen die Kammerfrauen eilig den Raum. Der Arzt blieb in der gebückten Haltung stehen und wartete auf ein Wort der Zarin.

Marja musterte den schönen Mann lange. Sie lag auf dem breiten Bett auf einem hellen Bärenfell, über das man noch eine Decke aus flaumweichem, fast schwarzem Zobel gelegt hatte. Sie trug nur ein Gewand aus mehrfach übereinandergelegten orientalischen, mit Goldfäden durchwirkten Schleiern, in die ihre Frauen kunstvoll Blumen gesteckt hatten.

»Wer seid Ihr?« Die Stimme der Zarin war dunkel wie ein satter Glockenton. Sie klatschte in die Hände, und der Arzt nahm das als Zeichen, sich aufzurichten. Sein Blick traf mit dem Marjas zusammen, und es war, als stießen zwei Speere aufeinander.

»Ich bin Andreas Daniel von Trottau, erhabene Zarin. Wundarzt und Fachmann der Inneren Medizin, studiert in Dorpat und Paris mit einem Diplom des Königs von Frankreich. Dem erhabenen Zaren hat es gefallen, mich als den Leibarzt der erhabenen Zarin einzustellen, nachdem ich in Litauen den Fürsten Kurbski von einer bösen Krankheit geheilt habe.«

»Ihr seid Deutscher?« Wieder der Blick, der wie ein geworfener Speer war. Ein Speer mit einer Spitze aus Rosen.

»Ja, ich bin in Memel geboren. Die erhabene Zarin ist krank?«

»Ich weiß es nicht.« Marja streckte sich auf der Zobeldecke aus. Mit einer schnellen Bewegung schleuderte sie die goldenen Pantoffeln von sich. Einer flog so weit, daß Trottau ihn auffangen konnte. Langsam kam er damit näher.

»Welch ein zierlicher Fuß ...«

Die Zarin lächelte. Die Schleier über ihrer Brust hatten sich verschoben. Weiß wie aus Alabaster, von jenem glänzenden Marmorton, für den die Mädchen aus dem Tscherkessenland berühmt sind, lag die Zarin im flackernden Licht der Fackeln und Öllampen.

»Mir ist schwindlig«, sagte sie. »Wenn ich die Hände aneinanderlege, werden sie feucht. Richte ich mich auf, fällt es wie ein Gewicht von hundert Pud auf mein Herz. Meine

Augen zittern ....« Sie dehnte sich und seufzte. »Erklärt mir die Krankheit, Doktor. Gibt es ein Mittel dagegen?«

»Ich müßte die erlauchte Zarin untersuchen.« Trottau trat zum Bett. »Ich müßte die Zarin anfassen.«

»Der Zar und der Arzt sind die einzigen, die die Zarin berühren dürfen.« Sie lachte, schob mit beiden Händen die Schleier von sich und lag nackt vor ihm. Ein Körper, wie ihn kein Märchen beschreiben kann. »Früher stach man bei uns den Ärzten die Augen aus«, sagte sie, »damit sie nur fühlten und hörten, aber nicht die Schönheit der Frauen sahen. Welch eine grausame Zeit!« Sie stützte sich auf die Ellenbogen und blickte Trottau an. »Wie alt seid Ihr, Arzt?«

»Dreißig Jahre, erhabene Zarin.«

»Genauso alt wie der Zar! Aber Ihr seid größer, stärker, schöner. Ihr habt ein Weib?«

»Nein.«

»Warum nicht?«

»Ich habe studiert, das war wichtiger. Dann geriet ich in Kriege und Aufstände. Wer hat da Zeit zum Heiraten?«

»Dann habt Ihr nie geliebt?« Die Zarin legte sich wieder zurück auf die Zobeldecke. Ihr nackter Leib wölbte sich ... Er war wie eine Woge, die zu Trottau hinglitt. »Ihr seid ein armer Mensch, Arzt!«

»Ich habe ein paar Mädchen gekannt ...«

»Huren, nicht wahr?«

»Ehrbare Töchter, erhabene Zarin. Aber ich bin ein ruheloses Blut.«

»Ich mag Ruhelosigkeit, Arzt. Aus der ständigen Sehnsucht erneuern wir uns immer — es ist ein Weg zum ewigen Leben. Setzt Euch.« Ihre kleine, weiße, mit Ringen überladene Hand klopfte auf das Bett.

»Ihr habt ein Haar wie gesponnenes Gold. Die Märchenerzähler von Kasan kennen ein Märchen, in dem ein Mädchen mit goldenen Haaren einen Prinzen einspinnt wie eine Spinne ihr Opfer.« Sie faßte nach Trottaus Hand und legte sie auf ihr Herz. Ihre Brust war wie ein warmes schwellendes Tal, aus dem ihm der Duft von tausend Rosen entgegenflog. »Die

Märchenerzähler von Kasan sind Dummköpfe. Es war ganz anders. Ein Jüngling mit goldenen Haaren umspann eine Zarin ...«

Sie richtete sich auf — so schnell, daß Trottau nicht zurückweichen konnte. Sie warf die Arme um seinen Nacken, ließ sich mit ihm zurückfallen auf das Bett und küßte ihn. Es war ein Kuß, der alles in ihm verbrannte: die Ehrfurcht, die Stärke, die Vernunft und die Vorsicht. Noch im Kuß umarmte er die Zarin und ließ sich von ihrem Körper besiegen.

»Wie heißt du?« Die Zarin lag müde und glücklich in Trottaus Armen und rollte seine blonden Haare um ihre Finger. Die Fackeln waren ausgebrannt, nur noch die Öllampen verbreiteten ihren milden Schein.

»Andreas Daniel von Trottau.«

»Ich werde dich Andrej nennen.« Sie löste sich aus seiner Umarmung, sprang aus dem breiten Bett. »Du wirst immer um mich sein, mich zur Jagd begleiten. Wir werden schwimmen und die Wolken zählen, Lachse und Störe aus den Flüssen holen und mit Schlitten durch die Wälder fahren. O Andrej, ich liebe dich!« Sie beugte sich über Trottau und küßte seine Füße. Es war etwas rührend Demütiges in dieser Zärtlichkeit, und Trottau lag ganz still, um diesen Zauber nicht zu zerstören.

Man hatte anderes über Marja erzählt: Grausamkeiten, Kälte, Rachsucht und Raserei. Wenn Iwan ein Scheusal war, so galt Marja als die Stimme, die ihm noch mehr Scheußlichkeiten einflüsterte. »Gott nehme sich ihrer Seele an!« hatte der Kaufmann Wenowski — bei dem Trottau in Moskau gewohnt hatte, bevor er in den Kreml zog — zu ihm gesagt, als ein Djak ihm die Gnade des Zaren überbrachte, Arzt des Russen aller Russen zu werden. »Der Zar ist zu bändigen, wenn man nur seinen Kopf vor seinem Willen beugt. Aber die Zarin ... Brüderchen Arzt, wenn der Satan in der Gestalt eines Engels erscheint, ist die Welt verloren. Mit Marja Temrjuka geht sie unter ...«

Und nun lag er, Trottau, hier in ihrem Bett. Sie küßte ihm die Füße und streichelte ihn mit beiden Händen.

»Ich muß dich untersuchen«, sagte er.

»Du hast mich schon geheilt, blonder Bär.«

»Der Zar will einen Bericht.«

»Schreib hinein: Die Zarin suchte drei Jahre lang die Liebe. Ich habe sie ihr gebracht.«

»Er wird mich aufhängen.«

»Sicherlich.« Sie lachte und warf sich wieder über ihn. »Du siehst, wie gefährlich es ist, mir nicht zu gehorchen. Nenn mich Marjuschka. Schnell, sag es ...«

»Marjuschka ...«

»Wie schön es aus deinem Mund klingt! O Andrej, die Welt ist anders geworden in dieser Nacht ...«

»Und wie soll es weitergehen, Marjuschka?«

»Du bist der Arzt, ich bin eine Kranke. Du mußt mich heilen — immer, wenn ich nach dir rufe. Iwan wird dich mit Gold überschütten, weil du mir hilfst, und ich werde dich mit Liebe überschütten, als würdest du in Sonne baden.«

Erst in der Morgendämmerung verließ Trottau das Zimmer der Zarin. Vor der dritten Tür saßen schlafend die beiden Kammerfrauen. Vor der fünften Tür standen zwei neue stumme, bärtige Riesen und schielten ihn aus den Augenwinkeln an.

»Ich bin der Leibarzt der erhabenen Zarin«, sagte Trottau laut. »Wo ist der Hofmarschall?«

Die Riesen antworteten nicht. Aber aus einer Ecke löste sich ein Strelitz, ein Soldat mit einer riesigen Muskete, stand stramm und ging dann Trottau voraus. Sie durchquerten einige Hallen und Räume, in denen eine Menge Leute warteten, meistens Beamte, Offiziere und Boten aus den verschiedensten Gegenden Rußlands. Ein Diener in roten Pumphosen und reichbestickter Jacke übernahm den Arzt und führte ihn in einen Raum, in dem ein alter Mann mit tiefliegenden Augen und einer runden Zobelmütze saß. Überrascht betrachtete der Alte den großen blonden Mann in seiner fremdartigen schwarzen Kleidung. »Kommst du aus dem Land der Raben?« fragte er.

Trottau lächelte und holte aus der Tasche ein Schreiben des Zaren. Der alte Mann las es.

»Der neue Leibarzt. Der Herrscher ist im Norden. Du wirst ihm morgen nachreisen, er wartet auf dich.« Der alte Mann betrachtete Trottau, wie man ein unbekanntes Pferd beäugt. »Ein Deutscher! Der Zar liebt die Deutschen nicht. Warum holt er dich in den Kreml?«

»Ich habe Fürst Kurbski geheilt. Und heute nacht die erhabene Zarin ...«

»Du warst schon bei der Zarin?« Über das Gesicht des Hofmarschalls lief ein Zucken. »Ist sie krank? Gott stehe uns bei! Ein einziger Schmerzensschrei der Zarin kann den ganzen Palast zu einem Haus des Todes machen. Der Zar liebt sie wie die Sonne und den Schnee, die Blumen und die Wälder.«

»Sie wird nicht schreien«, sagte Trottau. »Ich habe die Behandlung übernommen ... Sie ist erfolgreich.«

»Was fehlt ihr, Arzt?«

»Luft. Bewegung. Freiheit. Setzt einen Adler in den größten Käfig – er wird verkümmern. Ich habe verordnet, daß die Zarin jeden Tag spazierenfährt. In die Wälder von Butyrki, nach Sagorsk und nach Noginsk ...«

»In die Sümpfe? Bist du irrsinnig?«

»Sie wird dort Enten jagen, Schwäne schießen und ...«

»... und das Fieber bekommen! Ich verbiete es, Arzt.«

»Dann schicke einen Kurier nach Litauen zum Zaren. Schreibt ihm. Ich füge einen Brief bei: Ein alter Mann mit einer Fellmütze verhindert, daß die Zarin gesund wird. *Ich* bin der Arzt.«

Der alte Mann starrte Trottau böse an. »Ihr Deutschen! Sobald ihr einen Fuß nach Rußland setzt, zerbricht unter euren Stiefeln die heilige russische Erde. Mach, was du willst, Arzt – es kostet deinen Kopf. Und es kostet ihn, so wahr man Paulus an den Beinen aufhing!«

»Dann kann mir nichts geschehen.« Trottau verbeugte sich leicht. »Paulus wurde nämlich enthauptet!«

Er verließ das Zimmer des Hofmarschalls, ohne eine Antwort abzuwarten. Sie zittern alle um ihr Leben, dachte er. Iwan ... wer diesen Namen ausspricht, betet oder flucht, bettelt oder weint. Wer ihn lobt, ist ein Heuchler. Mein Gott, in welch eine Welt bin ich geraten!

Er blieb stehen, irgendwo in einem Gang, und blickte aus dem Fenster. Unter ihm lag einer der Höfe des Kremls. Eine Abteilung der Strelitzen exerzierte. Vor einer Mauer war eine Holzwand aufgebaut mit einer Reihe eiserner Ringe. Die Bretter waren fleckig. Dunkle, rote Flecke.

Die Auspeitschungswand.

Trottau fuhr herum. Hinter ihm war ein diskretes Räuspern erklungen. Ein Lakei verbeugte sich tief.

»Gospodin, ich soll Euch zu Euren Zimmern führen.«

Trottau nickte. Er war müde. Er sehnte sich nach Wasser, nach einem Bad, einem dampfenden heißen Bad. Bis tief in seine Poren war Marjas Rosenduft in ihn eingedrungen.

So begann Andreas Daniel von Trottaus erster Tag im Kreml.

Am Nachmittag ließ ihn der Zarewitsch rufen, der Sohn von Iwans erster Gemahlin Anastasia. Sie war durch einen Gifttrunk ums Leben gekommen.

Der Zarewitsch war ein schöner, sanftmütiger, trauriger Mann und gab Trottau wie einem Freund die Hand. Er bot ihm Wein, Honiggebäck und Früchte an, setzte sich dann auf einen mit Fellen bezogenen Diwan und blickte Trottau fragend an. »Wird sie sterben?«

»Wer?« fragte Trottau zurück.

»Du weißt, wen ich meine. Du hast sie untersucht.«

»Nein, sie wird nicht sterben.« Trottau beugte sich über die Schale mit Früchten, um sein Gesicht zu verbergen. Alle hassen sie, dachte er. Wenn sie beten, flehen sie Gott an: Herr, erlöse uns von ihr! Ist sie solch ein Teufel? Ich habe sie anders gesehen — wie einen klaren, warmen Teich, in dem man baden kann.

»Ist sie sehr krank?«

»Nein. Ihr fehlt nur Luft.«

»Wird man denn von Luft gesund?« Der Zarewitsch sah Trottau erstaunt an. »Eine sehr einfache, billige Medizin.«

»Es gibt so billige Heilmittel, die keiner sieht, weil sie so alltäglich sind. Jeder kann sie kaufen. Der ärmste Muschik, der Bettler in der Gosse ...«

»Nur ein Zar nicht, das wolltest du doch damit sagen! Nenn mir einige dieser Medizinen!«

»Sonne, Wind, Schnee. Fließendes Wasser, ein atmender Wald ...«

»Ein atmender Wald? Du bist ein Dichter, Trottau.« Der Zarewitsch lächelte traurig. »Ein Baum ist ein totes Ding.«

»Ein Baum ist hundertfaches Leben.« Trottau trat an den Zarewitsch heran. Er sah ihm in die Augen, strich dann über das bleiche Gesicht und das stumpfe braune Haar. »Wenn du nicht an der Schwindsucht sterben willst, du Zar von morgen, dann geh an die Luft. Renn durch den Wald und atme — atme — atme! Spring in einen Fluß und schwimme, bis die Muskeln schmerzen. Lerne gehen, lerne, wozu Gott dir eine Lunge gegeben hat, zwei Beine mit Sehnen, die sie strecken und beugen können. Und bleibe in einem Wald stehen, breite die Arme weit aus und schrei es hinaus: Ich umarme dich, Welt! Es hört dich keiner im Wald — und deine Lunge wird es dir danken. Sie wird sich aufblähen mit reiner, köstlicher Luft und alles Gift aus sich heraustreiben.«

»Gift?« Der Zarewitsch sprang auf. »Man will mich vergiften? Und du weißt es, Trottau? Wer ist es?«

Trottau drückte ihn an den Schultern wieder hinunter auf den Diwan. »Ihr vergiftet euch alle selbst. Vor euch liegt das schönste Land der Erde, und ihr verkriecht euch hinter Steinmauern. Ihr verhüllt eure Körper mit Pelzen, wenn die Sonne scheint, ihr bratet am Feuer, wenn es schneit. Warum?«

»Warum?« Der Zarewitsch schüttelte die Hände des Arztes ab. »Soll die Natur uns umbringen?«

»Macht euch die Natur untertan!« Trottau ging zu dem

hohen Fenster und stieß es auf. Kühle Abendluft strömte ins Zimmer.

Der Zarewitsch hob fröstelnd die Schultern.

»Ihr friert? Wie wollt Ihr einmal das größte Reich dieser Erde regieren, wenn ein Luftzug Euch umwirft?«

»Ich werde mich in den Wind stellen!« Der Zarewitsch sprang auf. »Ich werde im Schnee baden und durch die Wälder laufen wie der Elch. Aber wenn ich huste, Trottau, wenn mich das Fieber packt — dann hängst du!« Er ging ans Fenster und stellte sich in den Abendwind, der über die Kremlmauer sprang. »Du wirst nicht alt werden in Moskau, Trottau. Spätestens zwei Tage nach der Rückkehr meines Vaters werden sie dir dort vor der Mauer den Kopf abschlagen.« Er reckte sich im Wind, atmete tief ein. »Wie wirst du die Zariza behandeln?«

»Wie Euch. Wasser, Luft und Sonne ...«

Und Liebe, dachte Trottau. Aber das auszusprechen, wäre ein Todesurteil gewesen.

In der Nacht rief Marja wieder ihren Arzt zu sich. Trottau blieb bis zum Morgen. Dann ließen sie eine Kutsche anschirren und fuhren zusammen hinaus in die Wälder um Sagorsk. Bis zum Kloster ritten vier Reiter voraus, und acht folgten der Kutsche. Dann befahl die Zarin, daß man sie allein lassen sollte. Nur Trottau begleitete sie, und sie gingen tiefer hinein in den lichtdurchfluteten Birkenwald.

Als sie glaubte, weit genug entfernt von allen Menschen zu sein, blieb Marja stehen. »Küß mich«, sagte sie glücklich. »O Andrej, ich bin ein neuer Mensch geworden!«

Sie umarmten sich und gingen dann weiter, umschlungen wie alle Liebespaare, Hand in Hand, mit hämmernden Herzen und dem trügerischen Wahn, diese Welt könne durch Liebe zum Paradies werden.

Hinter einer Baumgruppe, verdeckt durch wildwuchernde Büsche, beobachtete der Bojare Jurij Alexandrowitsch Schemski seine Zarin und den deutschen Arzt. Neben Schemski hockten drei seiner Diener, schwere Reiterpistolen in den Händen.

»Merkt euch gut, was ihr seht«, flüsterte Schemski. »Vergeßt es nicht!« Sein Herz hämmerte. Eifersucht zerfraß ihn wie Säure. »Ich lasse euch die Augen ausstechen, wenn ihr es vergeßt! Schleicht ihnen nach. Ihr werdet dem Zaren alles erzählen, was ihr seht. Gott schütze den Zaren ...«

II

Im Heerlager der russischen Truppen in Litauen, südlich von Dorpat, wartete der Oberbefehlshaber Fürst Kurbski auf die Ankunft des Zaren.

Seit Jahren standen die russischen Truppen in Kämpfen mit den litauischen Bauern. Es gab keinen Tag, an dem nicht irgendwo russische Soldaten erschlagen oder grausam verstümmelt wurden. Und ebenso grausam schlug Fürst Kurbski zurück, ließ Geiseln hinrichten und ganze Dörfer niederbrennen. Aber er tat das mit Widerwillen. Immer wieder versuchte er, mit den litauischen Rebellenführern zu verhandeln, traf sich mit ihnen an einsamen Plätzen in den Wäldern, um ihnen klarzumachen, daß die Macht Moskaus größer sei als der Freiheitswille eines kleinen Volkes. Vergeblich. Die nächsten Tage waren wieder in Blut getaucht — der Krieg in Litauen ging weiter.

Für Iwan war das gleichbedeutend mit Verrat. Aber nicht die Litauer klagte er an, sondern Fürst Kurbski. »Er verhandelt!« schrie Iwan. »Die einzige Sprache des Zaren ist das Schwert! Muß ich in meinem Reich alles allein tun? Teilt Kurbski mit — ich komme!«

»Ich habe Angst«, sagte die Fürstin Kurbskaja zitternd, als ein Kurier des Zaren diese Nachricht brachte. »Andrej Michailowitsch, denke an deinen Sohn, denk an mich! Verlaß Dorpat, ehe der Zar eintrifft.«

»Ein Kurbski soll flüchten?« Der Fürst, groß, schlank in

einem pelzgefütterten Mantel, ging nachdenklich hin und her. »Ich werde dem Herrscher entgegenreiten und ihn durch Litauen führen. Er soll mit eigenen Augen sehen, über welches Land und welche Menschen er regiert.«

»Aber vorher wird er dir die Augen ausstechen lassen!« rief die Fürstin. »Der Zar kennt kein Erbarmen. Andrej, um des Kindes willen ...« Sie fiel vor ihrem Mann auf die Knie. »Flieh aus Dorpat!«

Kurbski beugte sich rasch hinunter und zog sie hoch. »Man kniet nur vor Gott und dem Zaren«, sagte er heiser. »Ich finde keine Schuld an mir. Iwan ist mein Freund, wir haben als Kinder zusammen gespielt. Ich war immer sein Vertrauter — er hat keinen besseren Freund als mich. Das weiß er.«

Eine halbe Stunde später ritt Fürst Kurbski mit seinen Gardesoldaten aus dem Haus. Er blickte noch einmal zurück. Die Fürstin stand am Fenster und vor ihr sein Sohn, ein achtjähriger Junge mit blondem Haar und großen blauen Augen. Fürst Kurbski wandte sich ab.

Wenn der Zar mich tötet, dachte er, werde ich sie damit retten. Sie werden weiterleben. Er gab seinem Pferd die Sporen und galoppierte in das weite, flache Land.

Der Platz, wo er auf den Zaren wartete, war gut gewählt: Umgeben von seinem litauischen Heer, das ihn liebte, fühlte Kurbski sich sicher. Wenn auch der Zar mit einigen hundert Scharfschützen kam — ihm gegenüber stand eine Mauer aus Waffen.

Gegen Mittag jagte ein neuer Kurier auf dampfendem Pferd heran. »Der Zar ist zwölf Werst entfernt, Herr!« schrie er.

»Was sagt er?« fragte der Fürst Kurbski.

»Nichts. Er ist schweigsam wie der Tod.«

»Hast du ihm gesagt, daß ich ihn erwarte?«

»Ja, Herr. Er hat mich von seinen Strelitzen wegpeitschen lassen.« Der Kurier drehte sich um. Die Uniform war über dem Rücken zerfetzt. Blut war durchgesickert und jetzt zu Klumpen verkrustet.

Kurbski griff in seine Tasche, holte einen Beutel Rubel hervor und warf sie dem zitternden Kurier zu. »Ein Pflaster«, sagte er dumpf. »Merke dir — es ist eine Ehre, vom Zaren geschlagen zu werden.«

Nach einer Stunde sahen sie den langen Zug der Reiter und Fahnen auf sich zukommen. Fanfaren gellten durch die noch kalte Luft des Vorfrühlingstages. Der Bojar Ludenski ritt an Kurbskis Seite. »Was willst du tun?« fragte er. Seine Stimme war heiser vor Erregung.

»Ich reite ihm das letzte Stück allein entgegen.«

»Allein? Bist du verrückt, Andrej Michailowitsch? Er wird dich aufspießen!«

»Wenn ihr das seht, laßt zum Angriff blasen.«

»Gegen den Zaren?«

»Gegen einen Mörder! Ich sterbe unschuldig, ihr alle wißt es.« Der Fürst gab Ludenski die Hand, wartete keine weiteren Worte ab und ritt dem Zaren entgegen.

Iwan saß stolz und finster auf seinem Pferd. Sein Aufzug war der Ausdruck der Macht und Gnadenlosigkeit. Er trug ein schwarzes Kettenhemd, das auf der Brust durch kleine Stahlplatten verstärkt war. Ein Wunderwerk war der Helm: geschwärztes, gehämmertes, innen mit Pelz gefüttertes Eisen, das sich zu einer Spitze verjüngte. An beiden Seiten und im Nacken reichte der Helm bis auf die Schultern und schützte den Hals. Von der Stirn lief eine breite Stahlspange über die raubvogelartige Nase. Links und rechts davon starrten die kalten Augen auf die Welt, die ihm gehörte, ihm — dem Mächtigsten unter den Mächtigen. Über die Hände hatte der Zar schwarze Stahlhandschuhe gestreift, an den Fingerknöcheln mit kleinen Spitzen bewehrt. Wenn er mit diesen Händen zuschlug, zerriß alles an den Dornen. Es war ein fürchterlicher Schlag — und es war das Mildeste an Strafe, was Iwan zu vergeben hatte. Neben ihm im Sattel hing in einer Schlaufe sein Possoch — ein Hirtenstab mit stählerner Spitze, den Iwan als persönliche, schreckliche Waffe immer bei sich trug.

Wortlos ritt er weiter, als Fürst Kurbski vor ihm auftauchte und sich im Sattel tief verneigte. »Lang lebe der Zar, und Gott beschütze ihn! Das Heer erwartet seinen Herrn.«

Iwan blickte kurz zur Seite. Kurbskis letzte Worte waren eine Drohung gewesen, eingewickelt in Ergebenheit – der Zar verstand sie. Abrupt zog er die Zügel an und betrachtete den Wald von Zelten, Fahnen und Menschen. Eine Gruppe Reiter näherte sich langsam. Der Bojar Ludenski mit vierzig Offizieren folgte seinem Fürsten.

»Ich grüße dich, Kurbski«, sagte Iwan hart. Mit einem Ruck zog er den Possoch aus der Schlaufe und legte ihn quer vor sich über den Sattel. »Hast du etwas zu sagen?«

»Ich schwöre beim Kreuz, daß ich nur die Befehle des Zaren annehmen und ohne Bedenken ausführen werde . . .«

»Das war dein Eid, Kurbski!«

»Ich schwöre: Nur der Zar ist mein Herr und Gebieter, keine andere weltliche Macht erkenne ich an. Ich werde alle Verräter meinem Zaren melden, seien es selbst meine Eltern, Geschwister oder Freunde . . .«

»Du hast den letzten Satz des Eides vergessen, Kurbski!« Der Fürst sah Iwan tief in die kalten, mörderischen Augen. Er erkannte den Blick, vor dem andere Menschen vereisten aus Angst und Grauen. Und er sagte laut: »Ich schwöre beim Kreuz: Ich weiß, daß ich und meine Verschwörer sterben müssen, wenn ich gegen die Gebote des Zaren verstoße . . .«

»Du hast es gut behalten, Kurbski!« Mit einer unheimlichen Schnelligkeit fuhr der Possoch vor. Kurbski sah die stählerne Spitze auf sich loszucken, aber er wich nicht aus. Stolz hob er den Kopf und wölbte die Brust dem tödlichen Stich entgegen. Hinter sich hörte der Fürst das Hufklappern von Ludenskis Kavalkade. Sie rächen mich, dachte er in dieser kleinen Sekunde vor dem Tod. Iwan, großer Zar, stich zu . . .

Kurz vor der Brust blieb die eiserne Spitze stehen. Iwan hielt den Possoch ausgestreckt in der Hand mit den eisernen Dornenhandschuhen. Die kalten Augen des Zaren funkelten. »So stolz?« fragte er dunkel.

»Mein Leben gehört dem Zaren. Er kann es nehmen.«

»Hast du mich verraten, Kurbski?«

»Das wird der Zar entscheiden.«

»Warum brennt immer noch meine litauische Provinz?«

»Der Stolz der Russen prallt auf den Stolz der Litauer.«

»Dann rotten wir sie aus!« brüllte Iwan.

»Aber ein totes Land trägt keine Frucht.«

»Ich werde Siedler schicken! Ich werde deutsche Bauern ins Land holen. Herrschen können, heißt, Völkern Räume zu öffnen.«

»Ist es nicht wichtiger, von Völkern geliebt zu werden?«

»Wer liebt mich denn, Kurbski?«

»Wenn es nur ein Mensch ist, ist es genug. Ich liebe Euch, erhabener Zar.«

Iwan zog den Possoch zurück und steckte ihn wieder in die Lederschlaufe. Dann nahm er seinen Helm ab und warf ihn nach hinten. Ein Strelitze fing ihn auf. »Andrej Michailowitsch, du bist mein Freund«, sagte Iwan leise. »Laß uns allein weiterreiten.«

Kurbski nickte verwirrt. Er gab Ludenski ein Zeichen, dann folgte er Iwan. Als sie außer Hörweite waren, hielt der Zar sein Pferd an. »Du kennst den Bojaren Schemski? Er hat mir einen Kurier geschickt. Kurbski, ich werde ihn töten lassen.«

»Den Kurier?«

»Ihn — und Schemski. Weißt du, was er behauptet? Der deutsche Arzt von Trottau sei der Geliebte der Zarin. Kurbski — du kennst Trottau!« Er packte den Fürsten an den Schultern und schüttelte ihn. »Kurbski! Du hast ihn mir empfohlen! Wenn er mir Marja weggenommen hat, wird ein Strafgericht über euch alle kommen. Du weißt, wie glühend ich Marja liebe. Du, mein Jugendfreund, weißt es besser als andere. Denk nicht an deinen Kopf, denk nur an deinen Eid: Kann Trottau die Zarin lieben?«

»Die Zarin wird sich nie in einen Lakaien verlieben.«

»Die Zarin! Sie hat das wilde Blut der Tscherkessen. Ich bin fern von Moskau, aber dieser Trottau ist da ... Er kann ihren Leib berühren. Er kann sie so sehen, wie nur ich noch auf der Welt sie sehen kann. Kurbski — ist es möglich . . . Die Eifersucht zerreißt mich, mein Freund!«

Kurbski blickte den Zaren an. Jetzt ist er wie ein getretener Wurm, der sich krümmt, dachte er. Aber wenn ich gleich sage, daß Trottau die Zarin lieben könnte, weil er ein Mann und sie eine herrliche, heißblütige Frau ist, dann wird sich dieser Wurm in einen flammenden Satan verwandeln . . .

»Es ist unmöglich, Herr«, sagte Kurbski langsam. »Ich kenne Trottau. Er ist in erster Linie Arzt. Sollte er den Leib der Zarin berühren, wird dieser Körper für ihn nur ein medizinisches Objekt sein.«

»Dann lügt Schemski?«

»Er muß lügen. Wir alle kennen Schemski. Er ist ein ehrgeiziger, mißgünstiger Mensch, der seit Jahren auf einen Gouverneursposten hofft.«

Es fiel Kurbski schwer, das zu sagen. Es ist Schemskis Todesurteil, dachte er. Doch wer unter der Hand Iwans lebt, muß verlernen, um anderer Leute Kopf zu trauern.

»Er soll ihn bekommen, den Gouverneursposten«, sagte Iwan. »Ich werde ihn zum Statthalter der Toten machen! Kurbski — zwei Tage bleibe ich bei dir, dann ziehe ich zurück nach Moskau. Der Kurier wird aufgehängt. Schemski soll eines langsamen, schrecklichen Todes sterben.« Er legte den Arm um Kurbski und lachte ihn an. Die kalten, tödlichen Augen bekamen einen fast fröhlichen Blick. Aber wie auch immer sie sich veränderten, immer blieben sie eingebettet in den starren Glanz des Wahnsinns.

»Mein Freund«, sagte Iwan voll Rührung. »Ich will deine Frau und deinen Sohn sehen. Ich will ein glücklicher Mensch unter euch Glücklichen sein. Ich bin ein armer Hund, Kurbski, überall nur Feinde. Nur du bist mein Freund.«

Kurbski nickte. Etwas schnürte ihm die Kehle zu. Die Liebe des Zaren war das Gefährlichste, was der Zar verschenken konnte . . .

Drei Leibeigene hatte Fürst Schemski nach den Zärtlichkeiten im Park von Sagorsk auf die Spuren der Liebenden angesetzt.

Er dachte an Marjas herrlichen, weißhäutigen Körper und an seine Sehnsucht, die so nahe vor der Erfüllung gestanden hatte ... Bis der Deutsche gekommen war und ihm schon am ersten Tag das Paradies gestohlen hatte.

»Ich werde dem Zaren Beweise liefern«, sagte Schemski laut. »Sechs Augen werden jeden Kuß, jeden Seufzer, jedes Streicheln sehen. Es gibt kein Entrinnen für diesen verdammten Deutschen.«

Drei Tage später waren die sechs Augen seiner Leibeigenen blind und ihre Zungen stumm. Ein Gruß der erhabenen Zarin ...

Schemski schrie nach seinem Pferd. In großer Eile verließ er Moskau und verschanzte sich auf seinem Gut im Süden der Stadt.

Von Litauen war ein Kurier unterwegs mit dem Befehl des Zaren, Schemski zu töten. Gleichzeitig brachte er zehn Goldrubel für den Arzt Andreas von Trottau mit und einen Brief Iwans mit dem letzten Satz: *›Ich danke Dir für Deine Treue ...‹*

III

Andreas von Trottau ahnte nicht, daß drei Menschen für seine Liebe geopfert worden waren. Marja verschwieg ihm ihre grausame Rache, aber sie rief Trottau jetzt nur noch nachts durch ihre Kammerfrauen zu sich, vor denen sie über Schmerzen im Kopf, im Rücken, im Leib und Brennen in den Beinen klagte.

Ein paarmal behandelte Trottau die Zarin im Beisein der Hofdamen. Ehrfurchtsvoll und schweigend saßen sie an den Wänden, während Trottau die Zarin untersuchte, die schönen, gesunden Beine mit einer scharfriechenden Flüssigkeit einrieb und dann sagte: »Erhabene Zarin, versucht zu gehen.«

Und die Zarin erhob sich von dem breiten Bett, machte einige tastende Schritte, warf dann mit einer großen schauspielerischer Geste die Arme hoch und rief: »Ich kann wieder auf den Beinen stehen! Trottau hat mich geheilt! Er ist ein Wunderarzt! Seht nur, ihr blöden Gänse, seht nur ... Ich gehe wie auf Wolken!« Sie lief ein paarmal durch das Zimmer und spielte ihre Heilung so vollendet, daß Trottau bald der Ruf vorausging, der beste Arzt der Welt zu sein.

Es war selbstverständlich, daß der Leibarzt auch einige Nächte am Bett der kranken Zarin wachte. Das waren die Stunden, in denen sie allein waren, in denen die Glut der Leidenschaft sie verzehrte und Marja in ihrer Liebe zu einer Rasenden wurde.

»Welch ein Bär bist du!« sagte Marja, wenn Trottau beim Morgengrauen wieder seinen schwarzen Anzug anlegte. »Andrej, du gehörst mir. Weißt du das?«

»Ich bin ein freier Arzt, Zarin.«

»Wo warst du gestern den ganzen Tag?«

»In meinem Laboratorium. Im Wald, im Garten. Dann habe ich neunzehn Kranke untersucht. Hofbeamte.«

»Auch Frauen?«

»Drei Hofdamen.«

»Wer sind sie? Ich lasse sie auspeitschen!« Marja sprang vom Bett, schnellte zu ihm hin wie eine Wildkatze und warf ihn mit ihrem Gewicht auf den Boden. Sie krallte die Finger in sein Haar. »Du berührst nur noch mich, hörst du!« schrie sie. »Keinen anderen Körper faßt du mehr an! Du bist mein Arzt, mein Arzt!«

Plötzlich lag sie still, umfaßte sein Gesicht und küßte ihn. Dann weinte sie vor Glück. Trottau trug sie zum Bett und streichelte diesen herrlichen Körper, bis Marja einschlief wie ein Kind, dem man ein Märchen erzählt.

Fünf Tage nach der Blendung der drei Leibeigenen ließ die

Zarin gegen Mittag ihren Arzt zu sich rufen. »Die dicksten Wände haben Ohren, und die Blindesten können sehen«, sagte sie zu Trottau, als er mit seiner Medizintasche vor ihr stand. »Man beobachtet uns, Andrej.«

»Wir sollten vorsichtiger sein, erhabene Zarin. Unterbrechen wird die nächtlichen Konsultationen.«

Trottau packte seine Medizinfläschchen aus. Er baute sie immer auf — eine Mauer gegen alle Verdächtigungen. Eine erbärmliche, dünne Mauer war es, aber noch schützte sie ihn.

»Eher vernichte ich ganz Moskau!«

»Ein toter Liebhaber ist ein schlechter Liebhaber, Zarin.«

»Sie alle denken, sie wären klug, sie könnten uns überraschen! Idioten alle!« Sie zog Trottau neben sich auf das Bett und holte unter den dicken Fellen ein großes Blatt Papier hervor. Es zeigte einen Plan mit vielen gewundenen Gängen, ein Labyrinth von Kammern, Fluren und Treppen. »Weißt du, was das ist? Die Stadt unter dem Kreml! Gänge, die kaum einer kennt, Treppen, die noch keiner begangen hat ...«

Sie wischte mit der Hand über den Plan. »Das alles hier liegt unter dir. Hier unter der Erde. Ich habe zwei Jahre gebraucht, bis zwei Leibeigene diesen Plan gezeichnet haben. Ich bin sie alle abgegangen, diese Gänge. Sieben führen zu dieser Treppe, siehst du sie? Und diese Treppe endet im Schreibzimmer des Zaren. Dort ist im Boden eine Falltür eingelassen. Man kann den Kreml verlassen, ohne gesehen zu werden. Dieser Gang hat einen Ausgang zum Garten. Ein dichter Busch verbirgt ihn, die Tür ist mit Gras bewachsen.«

Marja legte den Arm um Trottaus Schulter. »Sieh es dir genau an, mein blonder Bär ... Es ist dein Weg zu mir, auf dem dich keiner mehr sehen wird.«

Trottau studierte den verwirrenden Plan. Er ging hinüber ins Zimmer des Zaren, hob die Falltür hoch und kletterte die feuchte Steintreppe hinunter. »Gib mir eine Fackel«, sagte er.

»Ich habe mir den Weg gemerkt. Ich werde im Garten wieder herauskommen. In einer Stunde schicke ich dir einen Diener.«

»Kommt er in einer Stunde nicht, jage ich einen ganzen Trupp Strelitzen in die Tiefe.« Die Zarin riß zwei Fackeln aus den Eisenringen, zündete sie an und reichte sie Trottau hinunter. Er nahm sie und ging vorsichtig den Gang entlang. Obwohl er sich den Plan eingeprägt hatte, begann er zu zählen. Drei Quergänge hatte er schon gekreuzt. Er war stehengeblieben und hatte hineingeleuchtet. Es waren Gänge wie dieser, der im Garten enden sollte: nackte Steinwände, von denen Wasser tropfte, Modergeruch, faulige Kälte, eine bedrückende Stille.

Das hier ist ein riesiges Grab, dachte Trottau. Wer hat es angelegt?

Er ging weiter. Beim vierten Quergang bog er links ab; kam nach genau neunzig Schritten an eine Treppe, die eine dicke Eisentür verschloß. Drei Riegel sicherten sie. Trottau schob die verrosteten Eisen zurück und drückte mit der Schulter die Tür hoch.

Trottau sah Gras, einen Zweig, Sonne auf einer einzelnen kleinen, zaghaften Blume. Er stemmte sich mit aller Kraft gegen das Gewicht der Tür, wälzte sich unter ihr hindurch ins Freie — und lag mitten in einem Busch am Rande des Gartens hinter dem Zarenpalast.

Um Marja zu überraschen, lief Trottau nicht zu seiner Wohnung, sondern kehrte in die Unterwelt zurück bis zur Treppe unter dem Zarenzimmer. Plötzlich stand er vor der Zarin, die heruntergebrannten Fackeln in den Händen. »Mein blonder Bär«, sagte Marja zärtlich. »Wir haben den Weg in den Himmel gefunden ...«

Sie ahnte nicht, daß sie der Hölle viel näher waren.

Neun Nächte benutzte Trottau die unterirdischen Gänge, um zu Marja zu gelangen. Die Spione des Fürsten Schemski waren ratlos und konnten nur melden: »Die Zarin bleibt allein. Es scheint, als sei der deutsche Arzt in Ungnade gefallen.«

»Ihr seid blind geworden!« schrie Schemski. Angst würgte ihn. Der Kurier mußte den Zaren längst erreicht haben. Kam Iwan zurück, wollte er Beweise. Aber die einzigen, die etwas gesehen hatten, waren geblendet und stumm gemacht worden. Und die neuen Späher hatten nichts gesehen.

Jurij Alexandrowitsch Schemski ahnte, daß die Rückkehr des Zaren schrecklich für ihn sein würde. Da half auch keine Flucht mehr. Rußland war die Hand des Zaren. Und er sah alles, was in seiner Hand geschah ...

In der neunten Nacht vergaß Trottau die Gänge zu zählen. Er war zu sicher geworden, lief und lief und stand plötzlich vor Kammern, die er noch nie gesehen hatte. Da erst merkte er, daß er irgendwo falsch abgebogen war und sich in einem unbekannten Teil der unterirdischen Stadt befand.

Trottau biß die Zähne zusammen und ging weiter. Immer geradeaus, sagte er sich. Irgendwo wird man ankommen, jedes Labyrinth hat ein Ende. Unendlichkeit gibt es nur hinter den Sternen ...

Er tappte weiter, sah plötzlich Eisenringe in den Wänden, diese Ringe, in die man Fackeln steckt. Das bewies, daß dieser Teil einmal bewohnt gewesen sein mußte. Trottau leuchtete die Wände ab und blickte in Zimmer, die einen Steinboden hatten und keine festgestampfte Erde.

Und dann traf es ihn wie ein Schlag, als hinter ihm eine dumpfe Stimme ertönte: »Bleib stehen, Brüderchen. Rühr dich nicht!«

Ein Mensch! Ein Mensch unter der Erde. Langsam drehte sich Trottau um.

Es hatte bisher in Andreas von Trottaus Dasein zwei Situationen gegeben, in denen ihm das Herz schneller schlug und wo er glaubte, an einer Wegkreuzung seines Lebens zu stehen. Das erstemal war es gewesen, als er sich im Palast des Fürsten Kurbski vor Zar Iwan verbeugte — nicht zu tief, denn er war ein freier Mann — und Iwan IV. sagte: »Das muß ein kranker Mensch sein, Kurbski, denn er kann den Kopf nicht neigen.«

Und Kurbski hatte geantwortet: »Großer Zar, er ist ein deutscher Arzt.«

Einen Augenblick hatte Iwan mit seinen Raubvogelaugen den großen schlanken Mann vor sich betrachtet und dann gelacht. »Wenn die Krankheiten soviel Angst vor ihm haben, wie er keine Angst vor dem Zaren, nehme ich ihn mit nach Moskau.«

Das zweitemal hatte Trottau der Atem gestockt, als er Marja gegenübertrat — der schönsten Frau, die er bisher gesehen hatte. Und als er sie hatte berühren dürfen, hatte er wieder diesen Druck auf dem Herzen gespürt, der erst gewichen war, als er am nächsten Morgen das Schlafzimmer der Zarin verlassen hatte.

Jetzt aber, tief unter dem Kreml, in diesem Labyrinth aus modrigen Gängen, ergriff ihn die größte Erschütterung, die er bisher erlebt hatte.

Eine Frau stand ihm gegenüber. Eisgraues Haar, ein flächiges, ebenso graues Gesicht, in dem zwei tiefliegende Augen brannten, ein Mund mit grauen Lippen und ein bis auf den glitschigen Steinboden reichendes, sackähnliches Gewand. Ein Mensch ohne Schimmer Farbe, ein aufrecht gehender, sprechender, sehender, atmender, denkender Leichnam.

Die Frau starrte Trottau an, und als sein Blick an ihrer Gestalt hinabglitt, sah er, daß sie mit der rechten Hand ein krummes Messer umklammert hielt.

»Wie kommt Ihr hierher, Mütterchen?« fragte Trottau. Seine Stimme klang dumpf in diesem steinernen Grab.

»Das frage ich dich.« Die Frau versperrte ihm den Weg. Ihr Gesicht zeigte keine Regung. Es war ein grauer Fleck, in dem sich die Lippen bewegten. »Du kommst aus dem Nichts und verschwindest im Nichts. Ich habe dich hier schon viermal gesehen. Was willst du?«

»Wieder hinaus in den Garten oder zu einer Treppe, die zum Zimmer des Zaren führt.«

»Es gibt keine Treppe in das Zimmer des Herrschers!« Die Frau hob das Messer. »Du lügst! Wen suchst du hier?«

»Niemanden, Mütterchen, glaub es mir.« Trottau steckte

seine Fackel in einen der Eisenringe an der Wand. »Ich wußte bis zur Stunde nicht, daß ich hier in der Unterwelt nicht allein bin. Wenn du mich beobachtet hast, wirst du gesehen haben, wohin ich gegangen bin.«

»Ich habe dich nur verfolgt, bis du außerhalb unserer Räume warst.«

Räume! Sie nannte diese Grabkammern Räume! Mein Gott, es war doch nicht möglich, daß hier ein Mensch wohnen konnte! Trottau wischte sich über die Stirn. »Wo bin ich hier, Mütterchen?« fragte er stockend.

»Im Hause des Igor Igorowitsch Blattjew.«

»Mein Himmel, wo? In einem Haus? Nicht unter dem Kreml?«

»Natürlich unter dem Kreml. Wie dumm stellst du dich, Brüderchen! Solltest wohl spionieren, was? Solltest melden, was wir hier unten tun, wenn der Herrscher uns nicht braucht, he? Sag ihnen da oben: Wir leben gut. Wir haben keine Wünsche. Wir sind treue Diener des erhabenen Zaren. Wir sind die gehorsamsten Ratten auf dieser Welt ...«

»*Wir?* Du bist hier nicht allein, Mütterchen?«

»Du überlistest mich nicht.« Die Frau zeigte mit dem gebogenen Messer den Gang entlang. Hatte sie bisher noch recht mutig gesprochen, so wurde ihre Stimme jetzt demütig. »Überzeuge dich und berichte es oben. Wir haben die Gnade des Zaren nicht verraten.«

Trottau zog die Fackel aus dem Eisen und ging den steinernen Gang hinunter. Die Frau war hinter ihm. Lautlos, gespenstisch.

»Wohin, Mütterchen?« fragte Trottau. In ihm stieg langsam das Grauen hoch und lähmte ihn.

»Du kennst den Weg, du Auge des Zaren.«

»Mütterchen, hör mich gut an: Ich bin nicht vom Zaren geschickt worden. Der Zar ist in Litauen. Ich bin ein Deutscher und erst seit kurzer Zeit in Moskau. Ich bin der Arzt der Zarin ...«

»Ein Arzt? Hier unten ein Arzt?« Das graue Gespenst begann zu lachen. »Warum schickt man so dumme Lügner zu uns?«

»Ich bin wirklich Arzt, Mütterchen. Ich heiße von Trottau, ich behandle die Zarin. Kennst du die Zarin?«

»Du fängst mich nicht.« Die Alte versteinte wieder. »Ich gebe dir darauf keine Antwort.«

»Die Zarin hat langes schwarzes Haar.«

»Das weiß jedes Kind in Moskau.«

»Ihr linkes Auge ist ein wenig heller als das rechte.«

»Das kann keiner nachprüfen.«

»Wenn sie lacht, legt sie beide Hände auf ihre Brust.«

»Und wenn sie den Zaren küßt?«

»Das weiß ich nicht. Der Zar ist in Litauen. Aber wenn sie küßt ...« Trottau holte tief Atem. Es kann mich den Kopf kosten, dachte er. Aber ich muß dieses Geheimnis unter dem Kreml ergründen. »Wenn sie küßt, wirft sie den Kopf weit in den Nacken und scheint in den Armen ihres Geliebten zu schweben ...«

Die alte Frau lehnte sich plötzlich an die feuchte Wand und verbarg das lange Messer hinter ihrem Rücken. »Das ist nicht wahr!« stammelte sie. »O Jesus im Himmel, bei den Tränen der Gottesmutter ... Ihr seid wirklich ein Arzt?« Sie fiel auf die Knie und berührte mit der Stirn die Steine. »Gnade, Herr! Schlagt ein dummes Weib, aber laßt es leben. Gnade!«

»Um Gottes willen, steh auf, Mütterchen!« Trottau bückte sich, zog die Frau hoch, und als sie ihm die Hand küssen wollte, wehrte er sie ab. »Ich habe mich verlaufen. Wo bin ich hier?« fragte er.

»Ein Arzt«, stammelte die Frau wieder. Aus ihren Augen quollen Tränen. Ein Stein weint, dachte Trottau. Er war so erschüttert, daß er die Frau nicht mehr abwehrte, als sie wieder vor ihm auf die Knie fiel.

»Ich habe gebetet«, sagte sie. »Auch hier unten kann man beten. Vier Jahre lang habe ich gebetet. Es wird lange dauern, bis es zu Gott kommt, habe ich gesagt. Die Mauern sind so dick, und darüber ist die Erde und dann der Kreml. Aber man muß alles langsam durchbohren. Und ich habe mich an die

Luftkanäle gestellt — das ist der schnellste Weg — und habe gebetet: Gott im Himmel, Heilige Mutter, du Sohn voller Schmerzen, vergiß uns nicht! Laß ein Wunder hier in die Tiefe kommen. Und das Wunder ist gekommen. Ihr seid Arzt ...«

»Vier Jahre«, sagte Trottau tonlos. »Du lebst vier Jahre unter der Erde?«

»Zwanzig Jahre, Herr. Hier unten hat Igor sein Kind gezeugt, hier wurde Xenia geboren. Ich habe eine Steinwand, in die ich jeden Tag einritze. Ihr könnt es nachzählen — jeder Tag ein Strich. Es sind zwanzig Jahre.«

Die alte Frau wischte sich mit dem Handrücken die Tränen vom Gesicht und ging an Trottau vorbei den Gang weiter. »Kommt«, rief sie. »O mein Gott, mein Gott — ein Arzt!« Und plötzlich schrie sie. Der Klang hallte von den Wänden zurück. »Igor!« schrie sie. »Igor — ein Arzt! Lobet Gott ...«

Der Gang wurde breiter, und nach einer scharfen Biegung blieb Trottau wie geblendet stehen. An den Wänden leuchteten Fackeln. Auf steinernen Konsolen brannten trübe Öllampen. Durch Löcher in der gewölbten Decke, die in Kanäle münden mußten, zog der Rauch ab.

In der Tür eines Zimmers stand ein Mann. Kleiner als Trottau, aber breit wie ein Eichenschrank, in faltigen Hosen und mit Lappen umwickelten Beinen. Darüber trug er ein weites Bauernhemd und eine offene Jacke aus Wolfsfell. Das Gesicht erkannte Trottau nicht. Ein Wald von grauen Haaren überwucherte es völlig. Nur die Augen stachen aus dem bärtigen Gestrüpp heraus und ein Schlitz, der der Mund sein mußte. Der Mann starrte Trottau entgegen.

»Das ist Igor Igorowitsch Blattjew, mein Mann«, sagte die Frau. »Ich bin Massja Fillipowna. Er ist nicht unhöflich, Herr, wenn er Euch nicht entgegenkommt und Gott für Euren Besuch lobt. Seht seine Augen — er freut sich. Aber er kann es nicht sagen. Der Zar hat ihm die Zunge herausreißen lassen.«

Der Bojar Schemski glaubte an einen freundschaftlichen Besuch, als er vor seinem Gut die Fürsten Jurjew und Basmanow mit kleinem Gefolge von ihren Pferden steigen sah. Schemski spürte sogar so etwas wie ein Glücksgefühl, denn die beiden galten als Freunde des Zaren. Wenn sie jetzt hier erschienen, so bedeutete das, daß der Zar den Kurier angehört hatte und nun seine treuen Diener Jurij Alexandrowitsch Schemski seine besondere Gnade aussprechen ließ.

Schemski band seinen mit goldenen Medaillen verzierten Gürtel mit dem kleinen Krummschwert um und ging den Besuchern entgegen. »Lang lebe der Zar, meine Freunde!« rief er vor der Tür. »Welch ein glücklicher Tag für mein Haus.«

»Lang lebe der Zar!« riefen auch Jurjew und Basmanow, winkten ihren Reitern und blieben bei den Pferden stehen. Noch ehe Schemski es begriff, hatte man ihn gepackt, ihm die Arme nach hinten gerissen und die Mütze vom Kopf geschlagen. Der zweite Schlag ließ seine Lippen zerplatzen. Blut strömte über sein Gesicht.

»Was tut ihr mit mir, Freunde?« stammelte er. Der dritte Schlag lähmte seine Sprache. Er spuckte Blut und sank in den Knien zusammen. Vier Reiter führten ihn vom Haus weg zu Jurjew und Basmanow.

»Wie ist es möglich, so blöd zu sein?« fragte Jurjew, als Schemski vor ihm stand. »Du hast die Zarin beobachten lassen? Du hast die geliebte Frau des erhabenen Zaren verdächtigt?«

»Es ist wahr«, röchelte Schemski. »Freunde, ich habe es selbst gesehen ...«

»Wahr ist, was der Zar als Wahrheit bestimmt.«« Basmanow zog aus seinem brokatdurchwirkten Reitrock mit dem Saum aus Zobel eine kleine Rolle Papier. Schemski erkannte sie sofort. So ließ Iwan IV. seine Briefe versenden, quer durch das riesige Land.

»Laßt mich selbst mit dem Herrscher sprechen«, stammelte Schemski. »Brüderchen, entrolle nicht den Brief! Führt mich zu dem erhabenen Zaren ...«

»Er hat sich bereits mit dir unterhalten. Der Zar ist kein Freund von vielen Worten. Ich lese vor ...«

»Warte!« schrie Schemski mit letzter Kraft. »Hört die Beweise! Warum befragt ihr nicht den deutschen Arzt?«

»Frag den Zaren!« Basmanow hielt den Brief zwischen beiden Händen. »Im Namen des von Gott mit Segen und Gnade gekrönten Herrschers ist dem Bojaren Jurij Alexandrowitsch Schemski sein Leben an Gott zurückzugeben. Da er ein stolzer Mensch ist, soll er stehend sterben.«

Schemski wurde von Schüttelfrost ergriffen. Er sank in die Knie, aber die Reiter rissen ihn wieder hoch und stellten ihn auf die Beine. Ein großer, bärtiger, unbeweglich dreinschauender Strelitze stellte sich vor Schemski auf und starrte auf dessen Füße in weichen, roten Juchtenstiefeln. Dann drehte der Strelitze schnell seine Pike herum und stieß die lange Spitze mit aller Kraft durch Schemskis rechten Fuß.

Schemski brüllte nicht auf. Er knirschte bloß mit den Zähnen, das Blut auf seinem Gesicht vermischte sich mit kaltem Schweiß. Der lange Stiel der Pike schwankte vor ihm ... Er war auf dem Boden festgenagelt und sah vor sich sein schönes Haus mit den bemalten Fensterläden, dem blauroten Schindeldach und den Kletterrosen an den Wänden.

Die Reiter hatten Fackeln angezündet und legten nun an allen Enden des Gutes Feuer. Sofort fraß es sich in das trockene Holz hinein, und wenige Minuten später stand das Haus in hellen Flammen.

Fürst Basmanow las weiter aus dem Befehl des Zaren vor: »Niemand darf ihn befreien. Keiner wage sich in seine Nähe und löse ihn vom Boden. Keiner berühre ihn, sonst ist auch ihm der Tod sicher.«

Basmanow rollte den Brief zusammen und sah Schemski an. »Es wird vielleicht drei Tage dauern«, sagte er leise.

Jurjew und Basmanow stiegen auf ihre Pferde und ritten davon. Das Prasseln des Feuers, das den Besitz Schemskis zerstörte, übertönte das Klappern der Hufe. Ein paar Strelitzen blieben zurück. Immer zwei von ihnen blieben rechts und links von Schemski stehen und bewachten ihn — einen Mann, der vor Schmerzen zitternd auf das Feuer starrte und langsam, ganz langsam, vom rechten festgenagelten Fuß aufwärts, den Tod in sich hochschleichen spürte.

Zwei Tage und drei Nächte lebte Schemski noch. Fieber durchraste ihn, er war keines Gedankens mehr fähig. Vor seinen Augen löste sich die Welt in heiße Nebel auf. Er spürte keine Schmerzen mehr, nur eine eisige Kälte, obwohl er schutzlos in der Sommersonne lag und aus dem Aschenberg seines Hauses immer noch die Glut über ihn hinwegzog.

Als Schemski starb, kam ein Wind auf und trieb die heiße Asche über seinen Körper. So deckte ihn sein Haus zu wie mit einem Tuch.

»Es ist ein Wunder zu uns gekommen, Igor«, sagte Massja Fillipowna und umarmte ihren Mann. »Ein Arzt! Der Arzt der erhabenen Zarin. Ein Deutscher . . .«

Igor Igorowitsch Blattjew schüttelte den massigen Kopf und grunzte etwas. Es war schauerlich anzuhören, aber seine Frau schien ihn zu verstehen, als seien diese schrecklichen Laute wirklich Worte. Sie drehte sich zu Trottau um.

»Er sagt, es gäbe keine Wunder. Verzeiht es ihm, Herr — sein Beruf verhärtet sein Herz.«

»Was macht ihr hier unten?« fragte Trottau wie gelähmt. »Warum hat der Zar ihm die Zunge herausreißen lassen?«

»Es war der große Zar Wassili.« Massja hob die Schultern. Warum sollte sie darüber sprechen? Es war so lange her. Es war damals geschehen, als man sich zum erstenmal Bären anschaffte, als Zar Wassili mit seinen Freunden unter dem Kreml die alten Gänge ausbauen ließ und einen Mann brauchte, der schweigen konnte. Für immer schweigen.

Die Wahl fiel auf Blattjew. Es hätte auch jeder andere sein können. Aber Blattjew war kräftig wie ein Stier und dem Zaren treu ergeben, selbst dann noch, als die ewige Stummheit über ihn kam.

Dann zogen sie hinunter in diese steinerne Gruft unter dem Kreml. Damals war Massja dreiundzwanzig Jahre alt und Blattjew dreißig. Und von diesem Tage an hatte er die Gänge und Kammern hier unten nie mehr verlassen. Er lebte mit dem Licht der Fackeln und Öllampen, mit dem Schimmelgeruch, den nassen Steinwänden — und mit seiner Aufgabe, die Zar Wassili seinem Sohn Iwan vererbte und für die Blattjew auf immer stumm sein mußte.

Söhnchen aus Deutschland, dachte Massja, auch wenn du Arzt bist — warum jetzt noch darüber sprechen ...

»Es ist eine Ehre«, sagte Massja einfach. »Er wurde mit einem Amt betraut, das Schweigen fordert.« Sie blickte das stumme, bärtige Monstrum liebevoll an. »Er ist glücklich, glaubt es mir. Aber dann kam Xenia, und seit vier Jahren flehe ich den Zaren an, uns einen Arzt zu schicken. Aber er hört mich gar nicht an. Einmal habe ich mich ihm vor die Füße geworfen. Er ist über mich hinweggestiegen wie über eine Treppenstufe. Und jetzt habt Ihr Euch hierher verirrt ...« Sie sah Blattjew an. »Es gibt Wunder, Igorenka.«

Blattjew stieß wieder seine schrecklichen dumpfen Töne aus. Dann verbeugte er sich tief und blieb so stehen — tiefste Demut in einem Grab ...

»Er sagt, Gott möge ihm verzeihen, daß er Euch nicht tötet. Denn wer außer dem Zaren und der Zarin hier erscheint, muß getötet werden ... Igor wird Euch vergessen, als wäret Ihr nie dagewesen.«

»Aber ich bin hier, und ich sehe Menschen, denen man das Leben gestohlen hat!« Trottau blickte sich um. Die unterirdischen Gewölbe waren hier anders. Die gute Entlüftung war ihm eben schon aufgefallen, und er erkannte im Schein der vielen Fackeln, daß mehrere Zimmer von dem Platz abgingen, wo sie standen. Kammern mit dicken Vorhängen vor den Türöffnungen und ein paar Räume, die mit eisenbeschlagenen Bohlentüren verschlossen waren. Trottau sah einen Tisch und mehrere Hocker, einen Schrank an der kahlen Steinwand und auf einem Regal eine Reihe irdener Töpfe. Die Wohnung eines lebendig Begrabenen. Blattjews Welt des Schweigens.

»Sieh mich an, Igor Igorowitsch.« Trottau berührte den immer noch in gebückter Haltung Dastehenden. »Was ist hier los? Bewacht ihr etwas? Verschwinden hier etwa die Gefangenen, von denen man im Kreml munkelt, der Zar lasse sie vorführen, und keiner habe sie danach mehr gesehen?

Massja winkte ab. »Ihr seid ein Arzt. Euch gehen die Kranken an, weiter nichts.«

»Ich bin nicht nur ein Arzt der Menschen — ich heile auch die kranke Gerechtigkeit!«

Massja Fillipowna schlug die Hände zusammen. »Wie lange wollt Ihr leben, Herr? Kommt mit . . .«

»Wohin? Ich will erst wissen, was Blattjew hier bewacht.«

»Du sollst es sehen.«

Mit einem brüllenden Laut warf sich Blattjew zwischen seine Frau und Trottau. Er hob die Arme und krümmte die Finger. Der dicke Kopf pendelte hin und her. Er erinnerte Trottau an einen Bären, der hinter seinem Käfiggitter in schrecklicher Monotonie den Schädel wiegt.

Blattjew riß den Mund auf. Die gurgelnden Töne überschlugen sich. Dann preßte er die Fäuste gegeneinander und knirschte mit den Zähnen. Trottau verstand ihn plötzlich: Wenn du weitergehst, wenn du Massja folgst, wirst auch du für immer hier unten bleiben.

Mit einer Kraft, die Trottau der Frau nie zugetraut hätte, packte Massja ihren Mann an beiden Schultern und riß ihn herum. »Was kümmert mich der Zar!« schrie sie. Verblüfft sah Trottau, wie sie den Mann schüttelte, als sei er nur ein Sack voller Knochen. »Hat der Zar mich angehört? Seit vier Jahren flehe ich ihn an: Einen Arzt, Herr — nur einmal einen Arzt! Und er stieg über mich hinweg und stützte sich mit seinem Possoch auf meinen Rücken. Willst du die Narbe wieder sehen? Willst du? Hier — hier!«

Sie riß sich das Kleid von der Schulter. Graue Haut kam zum Vorschein, ein breiter Rücken — und in der linken Schulter eine breitgezackte, rote, aufgequollene Narbe. Die Spur der eisernen Possochspitze.

Blattjew stieß einen rauhen Klagelaut aus, ergriff das Kleid und streifte es Massja wieder über. Dann legte er beide Hände vor das Gesicht und drehte sich zur Wand.

»Kommt«, sagte Massja zu Trottau. »Seht es Euch an. Eine Mutter fürchtet nichts, auch den Zaren nicht. War Euer Mütterchen auch so?«

»Ich kannte sie kaum, sie starb früh.« Trottau trat an Blattjew heran und drehte ihn an der Schulter um. »Ich kann dich verstehen. Du hast Angst. Aber was ich auch sehen werde — ich kann schweigen wie du.«

Blattjew starrte Trottau aus bettelnden Augen an. Er kannte die Gefahr, die ein einziges Wort über diese Kammern unter dem Kreml für ihn bedeuten würde.

Sei gnädig, feines Herrchen, bettelten die Augen. Massja ist ein gutes Weib. Sag selbst, wer hätte es zwanzig Jahre lebend im Grab ausgehalten? Aber man gewöhnt sich an den Fackelschein wie an eine neue Sonne. Man gewöhnt sich an einen Mund ohne Zunge, und wenn der Zar hier herunterkommt, beugt man den Nacken und führt seine Befehle aus wie ein Ochse im Joch. Wir haben zu essen, wir haben zu trinken, und wir leben schon zwanzig Jahre in Ruhe. Aber geh nur mit meiner Massja, geh ... Wir wollen uns dann überlegen, was mit dir geschieht ...

»Ich habe das Vertrauen der Zarin«, sagte Trottau langsam in Blattjews Augen hinein, die all seine Gedanken widerspiegelten. »Soll ich mit ihr sprechen?«

Blattjew warf mit einem Schrei die Arme hoch. »Nein«, rief Massja. »Es wäre unser Ende! Du wirst es verstehen, wenn du alles gesehen hast. Kommst du jetzt?« Sie verzichtete nun auf die Anrede ›Herr‹. Sie nahm Trottau mit dem Du in ihre unterirdische Gemeinschaft auf. Trottau spürte es, und der letzte Rest von Angst fiel von ihm ab.

»Was soll ich hier?« fragte er.

»Helfen, Brüderchen. Wenn du noch helfen kannst«, sagte Massja leise. Sie gingen einen kurzen Gang entlang bis zu einer Bohlentür. Massja stieß sie auf und trat zur Seite.

Der steinerne Raum war hell erleuchtet. Ein Bett, mit zerschlissenen Fellen überzogen, stand an der langen Wand. Und auf dem Bett saß ein Wesen, daß Trottau mit großen, blauen Augen anstarrte.

Ein Wesen, zart und durchsichtig, mit langem, blondem Haar, das bis zur Erde reichte. Ein Wesen, so unwirklich schön, traurig und weltenfern, daß Trottau in der Tür stehenblieb und keinen Schritt weitergehen konnte.

»Das ist Xenia«, sagte Massja. In ihrer Stimme lag eine selige Welt von mütterlicher Zärtlichkeit. »Unsere Tochter ...«

V

Trottau erwachte aus seiner Erstarrung, als er hinter sich das stapfende Geräusch von Blattjews Stiefeln hörte. Er spürte Blattjews Atem in seinem Nacken, aber die Laute, die dieser arme Mensch hervorbrachte, diese stammelnden, kehligen Töne, erschreckten Trottau nicht mehr. Er blickte Xenia an.

Ist so etwas möglich? dachte er. Eine Blume im Grab ... Eine von Licht umflossene, gebrechliche Eisblume, deren Augen sich bewegen, deren Brust atmet, deren Haar im Fackelschein glitzert, als seien unzählige Tautropfen hineingeflochten.

»Er bittet dich, Xenia zu untersuchen!« sagte Massja Fillipowna. »Du weißt nicht, welch ein Wunder dich zu uns führte. Hier ist noch nie ein Arzt gewesen, noch nie ... Als ich Xenia gebar, hat Igor alles getan — das Kind geholt, die Nabelschnur durchschnitten, mich gepflegt. Ich habe mein Kind bekommen, wie Ratten ein Junges werfen — auf dem Steinboden dort in der Ecke. Und was für ein schönes Mädchen ist Xenia geworden! Aber sie ist krank ... Sie lebt, doch sie ist wie eine Fackel, die brennt und leuchtet und dabei immer kleiner wird. Am Ende ist sie nur noch ein Stumpf, aber auch dieser Stumpf gibt noch Licht, bis er sich ganz an der Flamme verzehrt hat. Genau so ist es mit Xenuschka. Sie ist wie eine Sonne für uns. Wir sehen sie an und wärmen uns an ihrem

Anblick — und sie geht dahin mit jedem Tag, als verbrauche sie sich, so schön zu sein ...

Massja Fillipowna brach mit gefalteten Händen vor Trottau in die Knie und drückte das Gesicht gegen seinen Schoß. »Hilf ihr ...« stammelte sie. »Hilf uns! Was sollen wir tun?«

Über Massjas Kopf hinweg starrte Trottau auf Xenia. Sie lächelte ihn an — ein trauriges, überirdisches, wesenloses Lächeln, wie es die Ikonen in den goldenen Bildwänden der Kirchen haben.

»Ich bin nicht krank«, sagte sie. Trottau zuckte zusammen. Xenias Stimme war klar und hell — ein Ton voller Leben inmitten eines Grabes. Eine Stimme, so angefüllt mit Jugend, daß Trottau ein Schauer über den Rücken lief. »Immer sagen sie, ich wäre blaß ... Wer kann das verstehen? Ich sehe in einen Spiegel und begreife es nicht. Nie verändere ich mich. Und ich denke mir, daß jemand, der krank ist, sich verändert. Einmal hatte Mütterchen Fieber. Sie wurde rot im Gesicht, schwach in den Knien, wir mußten sie stützen und tragen, bis das Fieber gegangen war. Aber ich bin nie rot im Gesicht, ich habe nie die Kraft in den Beinen verloren, mein Kopf hat nie geglüht ... Warum soll ich krank sein?«

»Es gibt andere Krankheiten als nur Fieber«, erwiderte Trottau. Diese ersten Worte mußte er förmlich aus sich herauszwingen. Seine Kehle war wie zugeschnürt.

Massja Fillipowna umklammerte seine Hände. »Hilf uns ...« bettelte sie. »Hilf ...«

Hinter sich hörte er Blattjews verhaltenes, mühsames Lallen. Auch er bettelt, dachte Trottau, und die Erschütterung ließ ihm beinahe übel werden. Er fleht mich an — dieses Monstrum ohne Zunge, das der Vater dieses Engels ist. Allein das ist schon ein Wunder ...

»Ich muß sie untersuchen«, erklärte Trottau mühsam.

»Gott wird dich dafür segnen, Brüderchen!« Massja erhob sich. »Xenuschka, er ist ein Deutscher, ein berühmter Arzt. Der Arzt der Zarin ...«

In den Augen des Mädchens blitzte etwas auf. Widerstand, Haß, Neugier, Abwehr, Sehnsucht — was war es? Sein Gesicht belebte sich auf rätselhafte Weise. Es verlor das Überirdische, wurde menschlich.

»Stirbt sie?« fragte Xenia.

Trottau zuckte wieder zusammen. »Nein.«

»Ist sie krank?«

»Nein.«

»Warum ist sie nicht krank und stirbt nicht!«

»Sie ist ein dummes Mädchen! Hör nicht auf sie!« schrie Massja dazwischen, ehe Trottau antworten konnte. Blattjew drängte sich an ihnen vorbei zu seiner Tochter und schlug ihr ins Gesicht, daß ihr Kopf zurückflog.

Er erschlägt sie, durchfuhr es Trottau. Er stieß Massja zur Seite, machte einen Sprung nach vorn und hieb Blattjew beide Fäuste in den Nacken.

Aber Blattjew rührte sich nicht. Obgleich Trottau kein Schwächling war und die Kraft seiner Fäuste kannte, schüttelte das Monstrum den Schlag ab, als sei ein Tropfen aus den Steinritzen in seinen Nacken gefallen. Er drehte sich langsam um und sah Trottau aus traurigen Augen an. Aus seinem Mund quollen wieder die schrecklichen, mühsamen Laute. Massja übersetzte:

»Igor Igorowitsch entschuldigt sich für die Bosheit seiner Tochter. Wir alle lieben die Zarin. Er mußte Xenia schlagen — wir sind es der Zarin schuldig.«

Trottau blickte auf Xenia. Sie saß auf dem Bett wie vorher, fast regungslos. Nur in ihren blauen Augen lag noch immer dieser unerklärliche Blick, der alles, was ihr Leben bedeutete, zusammenfaßte.

Welch eine Angst müssen sie vor der Zarin haben, dachte Trottau, daß Blattjew das Liebste, was er hat, so grausam schlägt.

»Laßt mich mit Xenia allein«, sagte er laut. Das war ein Befehl, den Massja nicht erwartet hatte. Zögernd ging sie einen Schritt zurück, blieb aber im Zimmer. Blattjew rührte sich nicht. Er zog den Kopf zwischen die Schultern und grunzte dunkel.

»Warum?« fragte Massja.

»Ihr habt gesagt, ich solle Xenia untersuchen.«

»Der Himmel danke dir dafür, Herrchen. Aber laß mich dabei sein ...«

»Ich habe Fragen zu stellen.«

»Gibt es eine Frage, die eine Mutter nicht hören darf?«

»Es stört mich, wenn jemand hinter meinem Rücken steht, während ich untersuche. Auch bei der Zarin bin ich allein.«

»Du wirfst auch den Zaren hinaus?«

»Er war noch nicht in Moskau, seit ich die Zarin behandle. Aber wenn er hier ist, und man ruft mich zu ihr, wird er hinausgehen müssen.«

»Aufhängen wird er dich! Vierteilen, den Bären vorwerfen ...«

»Welchen Bären?«

»Genug!« Massja winkte ab. Trottau hatte das Gefühl, daß sie etwas gesagt hatte, das sie bereute. Auch Blattjew grunzte lauter, tiefer, gefährlicher.

Hier unter der Erde ist ein verdammtes Geheimnis, dachte Trottau. Warum leben sie hier – warum hat man Blattjew sogar als doppelte Sicherheit die Zunge herausgerissen?

Er sah wieder Xenia an und nickte ihr zu. Das Geheimnis dieser Welt unter dem Kreml reizte ihn. Aus einem Umherirren war eine Aufgabe geworden: Blattjews Tätigkeit – und Xenia.

Trottau dachte an Marja, die jetzt oben auf ihn wartete und niemanden beauftragen konnte, ihn in den unterirdischen Gängen zu suchen, um nicht die letzte Möglichkeit ihrer heimlichen Liebe zu verschenken. Sie lief jetzt sicher in ihrem riesigen, von Fackeln erleuchteten Zimmer herum, warf sich auf das mit Fellen bespannte Bett, leuchtete an der Falltür, rannte zurück und zermarterte sich vor Sorge.

»Wenn ich Xenia untersuche, muß sie sich ausziehen«, erklärte Trottau mit der nüchternen Stimme des Arztes. »Ich muß ihren Körper abhören, abtasten, ihn erkennen. Die wenigsten Menschen sind an einer einzigen Stelle krank – die Krankheit zieht durch ihren ganzen Körper. Der große Arzt Paracelsus hat gesagt: Das menschliche Leben ist nichts als ein physikalischer und chemischer Prozeß. Alles Lebendige hat seine Grundlage im Zusammenwirken der Stoffe. — Habt ihr schon von Paracelsus gehört?«

»Wir sind dumme Menschen, Herrchen.« Massja Fillipowna verneigte sich tief. »Seit zwanzig Jahren leben wir unter der Erde. Was geht es uns an, wenn da oben irgendein großer Mann eine große Weisheit ausspricht! Du kennst sie, und das genügt. Wenn Xenia sich ausziehen muß, wird sie es tun. Du bist ein Arzt — aber Gott und Igor Igorowitsch werden dich strafen, wenn du Xenuschka und uns betrügst.«

Massja schob Blattjew vor sich her aus dem Zimmer, und er wehrte sich nicht, sondern tappte knurrend hinaus. Trottau war mit Xenia allein.

Sie erhob sich vom Bett, griff an ihr Kleid und wollte es von den Schultern ziehen. Kein Zögern war dabei, keine Scham. Wozu sich schämen? Ob in diesem sackartigen Gewand oder nackt, wo war da ein Unterschied?

Xenia kannte nicht die Ausstrahlung eines nackten Mädchenkörpers auf einen Mann. Woher sollte sie das wissen? Sie ahnte nicht, daß ihre Schönheit anderen Menschen den Atem raubte. Was wußte sie von Gefühlen? Und wie würde sie gelacht haben, wenn jemand gesagt hätte: ›Xenuschka, du bist ein Wunder von Mensch. Ich liebe dich!‹ Nicht einmal das kannte sie: die Liebe. Sie hatte dieses seltsame Gefühl nie verspürt, denn die einzigen Menschen, die sie kannte, waren Massja und Igor.

Xenia zog das Kleid über den Kopf und stand nackt vor Trottau. »Wo bin ich krank?« fragte sie und lehnte sich gegen den Tisch. Hinter dem Türvorhang, im Gegenlicht der Fackeln, sah sie einen großen Schatten: Mütterchen Massja wachte dort.

Trottau schwieg. Er betrachtete diesen herrlichen Körper, und er dachte an die Zarin, die jetzt dort oben auf dem Bett lag und auf ihn wartete. Eine meterdicke Decke aus Quadersteinen trennte sie. Oben die Welt der Sinnenfreude, hier unten in dieser modrigen Gruft eine Blume, vor deren wundersamer Schönheit man nur schweigen konnte.

»Wie alt bist du?« fragte Trottau. Es fiel ihm schwer, ruhig zu sprechen, leidenschaftslos, ganz auf die Krankheit konzentriert, ohne den Menschen, das schönste Mädchen dieser Welt zu erkennen.

»Mütterchen sagt, neunzehn Jahre.«

»Du bist nie krank gewesen?«

»Nie.«

»Hustest du?«

»Alle husten. Väterchen, Mütterchen, ich ... Ist Husten eine Krankheit?«

»Du bist oft müde?«

»Wenn ich müde werde, weiß ich, es ist Abend. Wache ich auf, weiß ich, es ist Morgen.«

»Schwitzt du?«

»Manchmal. Ah, das ist es, nicht wahr?« Xenias große, blaue Augen leuchteten. »Wie kann es einem warm sein, wenn es überall kühl ist!«

»Fühlst du dich manchmal schlaff und kraftlos, als ob du stundenlang eine schwere Last getragen hättest, aber in Wirklichkeit hast du gar nichts getan?«

»Nein.« Xenia schüttelte den Kopf und strich mit den Händen über ihre Brust.

Trottau blickte zur Seite. Sie soll das sein lassen, dachte er. Verdammt, die nimmt mir den Atem! Aber wie soll man ihr das sagen — sie würde es überhaupt nicht verstehen.

»Dreh dich um.«

Sie drehte sich um, und Trottau legte sein Ohr an ihren Rücken. Die Berührung mit ihrer Haut durchfuhr ihn wie ein Schlag. Ihr Körper war glatt und kühl, und aus den Poren kam ein Duft wie Gras in der Sonne. Das erschütterte Trottau am meisten — dieser Geruch des Lebens in einer steinernen Gruft.

»Atmen«, befahl er mit trockener Kehle. »Tief ein- und ausatmen. Immer wieder.«

Xenia atmete. Ihre Brust hob und senkte sich. Trottau umfaßte ihre schmalen Schultern und hielt selbst den Atem an, um besser hören zu können.

Da war es, ganz deutlich, unverkennbar, tief drinnen in den Lungen — dieses hohle, rasselnde Geräusch, dieser höhnische Ton, als gehe der Tod spazieren und pfeife dabei ein fröhliches Lied.

»Atem anhalten«, sagte Trottau rauh. Du bist Arzt, befahl er sich selbst. Vergiß das nicht! Und das hier ist eine Kranke. Ihre Lungen sind verkümmert, sie faulen in diesem herrlichen Körper. Und sie merkt es nicht, sie wird immer weniger werden, sie wird wirklich wie die Fackel sein, von der Massja sprach, die nur noch ein Stumpf ist und leuchtet und leuchtet, bis auch der Stumpf verbrannt ist. Es wird ein ruhiger, sanfter Tod sein, ein Weggleiten aus dieser verfluchten Welt ...

Trottau klopfte Xenias Rücken ab. Deutlich waren die Lautverschiebungen zu hören, die Hohlräume in den Lungen.

»Huste«, forderte er. »Tu so, als ob du hustest.«

Xenia gehorchte. Er legte wieder das Ohr an ihren Rücken und hörte den furchtbaren Widerklang in ihren Lungen.

»Es ist gut.« Trottau trat zurück, deutete auf das Bett. Xenia legte sich auf das alte Wolfsfell und warf die langen goldenen Haare mit beiden Händen nach hinten. Wie ein Teppich lagen sie auf dem steinernen Boden.

»Du mußt ganz ruhig liegen«, sagte Trottau heiser. »Ganz entspannt. Ich sehe jetzt mit meinen Händen in deinen Körper hinein.«

»Das kannst du?« Ihre großen blauen Augen strahlten ihn an. »Du kannst mit den Händen sehen?«

»Jeder gute Arzt muß mit seinen Händen die Krankheiten aufspüren können. Lieg ganz still, Xenia.« Er tastete sie ab, ihren Brustkorb, ihren flachen Leib. Er legte sein Ohr an ihre Brust und hörte das Schlagen ihres Herzens. Dann ließ er Xenia sich herumdrehen und klopfte die Nieren ab. Danach setzte er sich auf den Holzhocker an den Tisch.

Xenia blickte ihn durch den Vorhang ihres goldenen Haars an. »Vorbei, Arzt der Zarin? Hast du die Krankheit mit deinen Händen gesehen?«

»Mit meinen Ohren habe ich sie gehört.«

»Ach!« Sie setzte sich auf. »Und was hat sie gesagt, die Krankheit?«

»Sie sagt: Ich brauche die Sonne, die Wolken, den Wind, die Wärme, um geheilt zu werden. Den Duft der Blumen und das Glück der reinen Luft. Ja, das sagt sie. Weißt du, was Sonne ist?«

»Mütterchen hat mir davon erzählt.« Xenia lehnte sich an die Wand und faltete die Hände. »Die Sonne ist etwas, das oben am Himmel hängt und die Welt erleuchtet und erwärmt.«

»Weißt du, was der Himmel ist?«

»Der Himmel ist eine blaue Unendlichkeit, die die Erde umgibt. Aus dem Himmel kommt alles, sagt Mütterchen. Ohne Himmel gibt es kein Leben. Stimmt das?«

»Ja. Und du mußt den Himmel und die Sonne sehen, den Wind spüren, die klare Luft atmen. Es gibt keine bessere Medizin als Sonne und Luft. Alles im Menschen lebt davon: die Poren, die Zellen, die Organe. Unser ganzer Körper ist eine einzige Sehnsucht nach Luft ...«

Der Türvorhang schlug zur Seite. Massja erschien im Zimmer. »Du redest dummes Zeug!« Hinter ihr tappte Blattjew in den Raum. In der Hand trug er einen dicken Knüppel. Trottau sprang auf und stellte sich schützend vor Xenia.

»Du weißt, daß es kein dummes Zeug ist, Massja Fillipowna!«

»Es ist so sinnlos wie der Wunsch, daß Igors Zunge wieder nachwachsen solle. Was für eine Medizin – Sonne und Luft! Für uns gibt es nur Steine und Fackelschein. Such eine andere Medizin!«

»Es gibt keine andere. Massja Fillipowna, du kennst Xenias Krankheit so gut wie ich. Es ist die Schwindsucht.«

»Soll ich Fackeln um Xenia aufbauen, um die Sonne zu ersetzen? Soll Igor seine Tochter anblasen, als wäre er der Wind? Du bist ein gelehrter Mann – such nach einem anderen Mittel!«

»Es gibt nichts, was die Natur ersetzen könnte. Xenia muß nach oben – in die Sonne.«

»Unmöglich!« schrie Massja. »Wir dürfen nicht hinauf. Der Zar hat es verboten!«

»Was kümmert mich der Zar! Ich will Xenia heilen!«

»Ist es eine Heilung, wenn man uns allen vor dem Kreml die Glieder auseinanderreißt? Du bist ein Narr, Herrchen aus Deutschland, ein armer Narr. Du kannst nicht anders als mit Sonne und Luft heilen?«

»Nicht Xenias Krankheit.«

»Genug!« Massja hob die Hände. »Es gibt keine Wunder mehr, ich habe es in dieser Stunde begriffen. Komm, ich führe dich zu der Treppe, die im Garten endet. Dann verschwinde — für immer, Herrchen. Sieh dir den Knüppel in Igors Händen an: Er ist auf deinem Kopf wie ein niederfallender Baum.«

Trottau drehte sich zu Xenia um. Sie hockte auf dem Bett, nackt, in ihr goldenes Haar gewickelt, unwirklich schön. »Ich komme wieder«, sagte Trottau. »Ich werde dir die Sonne und die blühenden Wiesen zeigen.«

»Nichts wird er!« schrie Massja. »Väterchen wird ihn töten!«

»Dann werde ich Väterchen töten«, sagte Xenia leichthin. »Wann kommst du?«

»Morgen, Xenia . . .«

»Bete für deine Seele!« Massja drängte Trottau aus dem Zimmer. Sie schob ihn vor sich her und ließ ihn erst los, als die Gänge wieder dunkler, enger und nasser wurden. Sie riß eine Fackel aus dem Eisenring und drückte sie Trottau in die Hand. »Geh voraus!«

Wortlos tappten sie über verschiedene Gänge und Treppen, bis sie zu einem Gang kamen, der höher war als die anderen. Hier blieb Massja stehen. Sie zeigte nach rechts. »Dort entlang — dann kommst du an die Treppe zum Garten.«

Trottau sah sich um. Jetzt erkannte er, wo er war, und deutete nach links. »Und dort entlang und dann der dritte Gang rechts, dort beginnt die Treppe, die unter dem Zimmer des Zaren endet.«

»Davon weiß ich nichts. Leb wohl, Arzt.«

»Bis morgen, Massja Fillipowna.«

»Blattjew wird dir den Schädel zertrümmern . . .«

»Er wird es nicht tun. Er liebt sein Kind genauso wie du! Begreift ihr denn nicht: Ich nehme den Kampf gegen die Krankheit auf. Ich werde Xenia heilen. Morgen hole ich sie an die Sonne.«

»Dann müßtest du Igor und mich erschlagen.«

»Vielleicht tue ich es«, erwiderte Trottau dumpf. »Ich lasse Xenia nicht sterben. Mein Gott, wie tief sitzt in euch die Angst! Helft mir doch — es ist doch eure Tochter!«

»Du kennst den Zaren nicht.« Massja ergriff plötzlich Trottaus Hand und küßte sie wieder. »Herrchen, vergiß uns! Vergiß, was du gesehen hast. Es ist besser für uns alle.«

Marja empfing Trottau mit einem hellen Aufschrei. Sie warf sich gegen ihn, schlang die Arme um ihn und sank mit ihm auf das große Bett nieder. »Du lebst . . .« stammelte sie. »Oh, du lebst! Ich habe vor Angst um dich geschrien . . . Mein Andrej, wo warst du? Warum bist du nicht gekommen, mein Liebling . . .«

»Ich habe mich verlaufen«, sagte Trottau. »Diese verfluchten Gänge . . . Aber ich habe den Weg dann doch gefunden. O Marja, welch eine Nacht . . .«

Sie preßte sich an ihn und hüllte ihn mit ihrer zitternden Wärme völlig ein. »Der Zar ist auf dem Weg nach Moskau«, flüsterte sie. »Er reitet Tag und Nacht. Mein blonder Bär, wir müssen jede Stunde austrinken wie einen Becher mit süßem Ungarwein . . . Ich friere, wenn ich an Iwans Umarmungen denke . . .«

Die Nacht war kurz. Die Zarin lag in Trottaus Armen und verbrannte ihn fast mit der Glut ihres Körpers. Aber während Trottau den heißen Sturm über sich hinwegbrausen ließ, und Marja nicht merkte, mit wieviel Qual er ihre Liebe genoß, dachte er unentwegt an Xenia.

Ihr fehlt die Sonne, dachte er. Ich werde sie ihr geben. Ihr fehlt die Luft — ich werde sie an die Luft führen. Ihr fehlt das

Glück, zu leben — ich werde es sie lehren. Ihr fehlt die Liebe — ich werde sie ihr schenken ...

»Mein blonder Bär«, stammelte die Zarin.

»Marjuschka ...« sagte er. Aber er dachte: Xenia, ich liebe dich! Ich hole dich hinauf zu den Menschen!

VI

Den ganzen Tag, vom frühen Morgen bis zur Abenddämmerung, ritt der Zar von Litauen nach Süden, nach Moskau. In den Nächten schlief er auf den Pferdestationen, aus denen seine Strelitzen die anderen Leute hinausprügelten, um dem von Gott gesegneten Herrscher den Anblick des gemeinen Volkes zu ersparen. Oder Iwan übernachtete in den Städten am Weg, und am Morgen schwang er sich wieder auf sein Pferd, starrte in die Ferne, wo Moskau liegen mußte, und dachte an die Botschaft, die Schemski ihm hatte schicken lassen: Die erhabene Zarin hat einen Geliebten.

»Weiter«, befahl Iwan rauh. »Weiter! Schneller! Ich will in Moskau sein, wenn alle denken, ich säße noch in Dorpat bei Kurbski. Wird das ein Erwachen geben! Ich sehe sie schon vor mir — wie winselnde Hunde, alle, alle nur Hunde! Vorwärts!«

Er gab seinem Pferd die Sporen und beugte sich im Sattel nach vorn, so wie die Tataren reiten.

Ein Wahnsinniger, der über Tod und Leben befehlen konnte, näherte sich Moskau.

Zum erstenmal ritten keine Boten auf ihren kleinen, schnellen Steppenpferden nach Moskau voraus, um die Ankunft des großen Zaren zu melden.

Sonst glichen solche Botschaften immer einem Aufruf zu einer großen Säuberung: Jeder der Bojaren erforschte sein Gewissen, ob er etwas getan hatte, was Iwan erzürnen konnte. Jeder Hofbeamte brachte seine Bücher in Ordnung, und der Oberhofmeister ließ die Gemächer des Kremls putzen. Allein der Zarewitsch, still, traurig wie immer, bleich und in sich gekehrt, blieb in seinen Räumen und bereitete sich nur darauf vor, seinen Vater dreimal auf die Wange zu küssen.

Diesmal jedoch war es anders. Moskau ahnte nichts von der Nähe des Zaren. Nur ein einziger Bote war unterwegs, und der kam aus Moskau. Es war ein Meldereiter des Fürsten Basmanow und brachte einen Brief seines Herrn für den Zaren.

»Schemski ist tot«, sagte Iwan, nachdem er den Brief gelesen und dann zerrissen hatte. Er sah seine Begleiter an, und sein Blick war hart und kalt wie ein gläsernes Auge. »Wir sollten Schemski vergessen. Er hat nie gelebt.«

Aber das, was der tote Bojar behauptet hatte, lebte in Iwans Herzen weiter. Es war ein Gift, das ihn langsam zerfraß.

Während der Zar Stunde um Stunde nach Süden ritt, dachte er an die Zeit, in der er Marja zum erstenmal gesehen hatte. Er dachte an den tatarischen Krieg, an die Niederwerfung des Tscherkessenfürsten Temrjuk Tscherkassky, an das Meer von Blut, das damals über die Steppen geflossen war.

Auf diesem von Blut getränkten Boden hatte er Marja kennengelernt. Zum erstenmal hatte er sie gesehen als eine Frau unter hundert anderen, die stumm und bewegungslos das freie Feld umstanden, auf dem der Zar seine Feinde hatte bestrafen lassen.

Damals war Iwan in seiner schwarzen Rüstung die Reihe der Weiber entlanggeritten, bis er Marja entdeckt hatte. Jung und so schön, wie er nie eine Frau gesehen hatte, mit langem schwarzem Haar. Der Blick aus ihren brennenden, dunklen Augen hatte Iwan gezwungen, sein Pferd anzuhalten.

Schweigend hatten sie sich angeschaut, schweigend war Iwan weitergeritten. Er hatte, ohne daß es jemand gemerkt hatte, ein Duell verloren. Das herrliche Weib hatte nicht den Blick gesenkt, hatte nicht den Nacken gebeugt. Sie hatte dem Auge des erhabenen Zaren getrotzt — im vollen Wissen, daß damit ihr Tod sicher war. Aber Iwan hatte keinem Strelitzen gewinkt. Er hatte kaum merklich gelächelt — ein grausames oder anerkennendes Lächeln — und war weitergeritten. Als er am Ende der Frauenreihe angekommen war, hatte er die rechte Hand mit dem Handschuh aus Eisenstacheln gehoben. Das Morden hatte aufgehört. Der Blick Marjas hatte Hunderten von Tataren das Leben gerettet.

Von da an liebte ich sie schon, dachte Iwan und gab seinem Pferd die Sporen. Sie ist die schönste Frau in meinem Leben, die wildeste und zärtlichste, ein Weib, das ständig erobert werden muß. Das fesselt mich an sie, das macht mich, den größten Herrscher dieser Welt, willenlos in ihren Armen. Wenn ihr weißhäutiger Körper vor mir liegt, verliere ich den Verstand. Ich weiß, daß ich ihr jedesmal unterliege, daß ich am Morgen leer und ausgehöhlt auf die Felle meines Bettes taumle. Und dann steht sie da, nur von ihrem Haar verschleiert, und ich höre ihre aufreizende Stimme: ›Iwanuschka, wie schön ist das Leben ...‹ Und ich liege auf dem Bett und kann nur sagen: ›O Täubchen, du bringst mich mit deiner Schönheit noch um!«

Darf man eine solche Frau Wochen und Monate allein lassen? Wo soll sie hin mit ihrer Glut?

Der Zar starrte über den Hals seines Pferdes in die Ferne. Mein Reich erdrückt mich! dachte er. Und ich erobere immer mehr. Im Osten soll die Welt sich weiten zu unendlichen Wäldern, durch die riesige Flüsse strömen — ein Land voll unermeßlicher Schätze, voller Zobel und Biber, voll Gold und Diamanten, Salzgruben und fruchtbarem Boden. Ein Land wie ein Märchen: Sibirien.

Kaufleute und Abenteurer, Mönche und einsame Forscher haben von ihm berichtet. Welch ein Land — wenn alles wahr ist, was man sagt! Welch ein Reichtum für Rußland, wenn man es erobert!

Was ist dagegen das englische Reich mit seiner stolzen Königin Elisabeth I.? Was Maria Stuart mit ihrem Schottland? Und welch ein Wicht ist dieser Ferdinand I. — dieser deutsche Kaiser aus dem Habsburger Geschlecht! Und diese Spanier! Ihr Karl V., der Großtönende, mit seinem ›In meinem Reich geht die Sonne nie unter‹ — wo ist er jetzt? In einem Kloster ist er gestorben. Und sein Erbe, dieser Philipp II., oder die französischen und schwedischen Könige — alles Nullen, alles rostige Eisentöpfe gegen Rußland und seinen Zaren!

Wo gibt es ein Land, das unermeßlicher, schöner, reicher, wilder und mächtiger ist als Rußland? Man muß nur noch Sibirien dazugewinnen ...

Iwan hob den Kopf mit dem spitzzulaufenden Kettenhelm. Marja wird mir dabei helfen, dachte er. Sie wird an meiner Seite mein Reich vergrößern. Ich werde sie nie mehr allein lassen.

»Schneller!« schrie der Zar. »Schneller! Wer müde ist, soll vom Pferd fallen und verrecken ...«

Bis elf Uhr vormittags hatte Trottau im Kreml die Kranken behandelt und Pülverchen und Essenzen verordnet. Der Zarewitsch hatte — nachdem er Trottaus Rat befolgt hatte, viel frische Luft in sich einzusaugen — einen Schnupfen bekommen und sich wieder in seine dumpfen Gemächer zurückgezogen.

»Ich leide, Trottau«, jammerte er kläglich, als er sich nach einer gründlichen Untersuchung wieder anziehen konnte. »Es ist, als sei ich in die Welt gesetzt worden, um an Rußlands Wetter wieder einzugehen.« Er schenkte Trottau ein Glas ungarischen Wein ein und blickte aus dem Fenster in den Kremlgarten. »Ich möchte so gern nach Frankreich. Kennst du Frankreich?«

»Einiges davon. Rouen, Reims, Orléans, Paris ...«

»Paris! Das muß das Herz der Welt sein.«

»Der Zar sagt: Herz und Nabel der Welt ist Moskau«, entgegnete Trottau.

»Moskau! Sieh dich um, was ist Moskau? Eine einzige Richtstätte. Häuser, auf Gebeinen erbaut. Steine, mit Blut zusammengeklebt. Ist das die Welt?«

»Ihr solltet mit dem Zaren über Euren Wunsch sprechen, nach Paris zu reisen, Herr.«

»Mein Vater spricht nicht über Paris. Er würde mir Paris so

lange mit einem Stock über den Rücken schlagen, bis ich das Wort vergessen habe.« Der Zarewitsch drückte die Stirn gegen die mit Seide bespannte Wand. »Vater . . .« sagte er leise. »Jeder spricht das Wort mit Ehrfurcht und Liebe aus — ich friere, wenn ich es sage.« Er vermied es, Trottau anzusehen. »Ihr könnt gehen, Arzt. Vergeßt unsere Unterhaltung.«

»Ich habe noch eine Bitte«, sagte Trottau. Er trat neben den Zarewitsch ans Fenster. Vor ihm lag ein durch hohe Mauern abgeteilter Garten. Blühende Büsche, saftiges Gras, schattige Baumgruppen, ein geschnitzter hölzerner Brunnen mit einem Zugbalken. Ein fast dörfliches Bild wie am Dnjepr oder an der Wolga, wenn nicht die roten Ziegelmauern gewesen wären, die diesen Frieden umgaben und gefangenhielten.

»Ich sollte dir etwas geben können?« fragte der Zarewitsch bitter. »Das einzige, was ein gefangener Vogel kann, ist singen.«

»Ich bitte um die Gnade, Euren Garten da unten benutzen zu können.«

»Ich schenke ihn dir!« Der Zarewitsch lachte gepreßt. »Wozu willst du ihn, Arzt? Willst du Kräuter züchten gegen den Drang, hier herauszukommen? Ich werde der erste sein, der sie stündlich begießt.«

»Ich will ein Stück Sonne, Himmel und Luft haben, das kein anderer betritt außer mir und meinen Patienten. Kranke Menschen, die Luft nötig haben als Medizin.«

»Ich kenne deine verrückten Ideen, Arzt. Schick deine Kranken an die Luft — mich kümmert es nicht. Ich will dich nur ab und zu sehen und dir das sagen, was ich dem Zaren nie sagen kann. Ein Eimer, in den ich schmutziges Wasser schütte.«

»Das ist ein guter Tausch.« Trottau verbeugte sich tief. Jetzt hat Xenia alles, was sie braucht, dachte er. Auf meinen Armen werde ich sie an die Sonne tragen, und die Sonne wird die Krankheit aus ihr hinaussaugen wie den Tau der Nacht.

VII

Um die Mittagszeit kam Trottau wieder in die Tiefe der unterirdischen Gänge und Kammern. Diesmal nahm er eine hellstrahlende Öllampe mit, für Massja einen Korb mit frischem Obst und für Igor Igorowitsch Blattjew eine Flasche Wodka.

Diesmal irrte Trottau nicht lange durch die Gänge, nachdem er von dem Weg zum Zimmer des Zaren links abgebogen war. Wie aus dem Boden gewachsen, tauchte plötzlich Massja vor ihm auf. Ihr Gehör mußte in den zwanzig Jahren unter der Erde empfindlich wie das einer Ratte geworden sein, ihr Gang lautlos und geisterhaft, von der ewigen Stille aufgesogen.

»Geh, du Narr!« zischte Massja, ehe Trottau sprechen konnte. »Blattjew zerdrückt dir den Schädel wie ein Ei.«

»Ich komme, um Xenia an die Sonne zu holen.«

»Willst du uns alle an den Galgen bringen? Wir werden dich einfach verschwinden lassen müssen, um weiterzuleben.«

»Aber Xenia wird sterben! Das ist so sicher wie die Tatsache, daß Blattjew keine Zunge mehr hat.«

»Ich weiß es, Deutscher. Zwischen gestern und heute war eine Nacht. Sie genügte, um sich damit abzufinden. Man entgeht seinem Schicksal nicht.« Massja drehte sich um und ging den Gang hinunter. Von den dicken Quaderwänden tropfte die Nässe. Es roch nach Schimmel und Verwesung.

Trottau folgte Massja und blieb erst stehen, als sie nach ein paar Schritten anhielt. »Geh zurück!« sagte sie laut. »Kümmere dich um die Zarin!«

»Sie ist auf der Jagd in Nowo Bugetschew. Sie kommt erst am Abend zurück.«

»Warum bist du nicht mit ihr geritten?«

»Ich habe gesagt, ich müsse den Zarewitsch behandeln. Das habe ich getan und als Honorar seinen Garten für Xenia bekommen. Niemand wird sie dort stören, niemand sie sehen, niemand verraten. Der Zarewitsch ist mein Freund.«

Massja zog das Schultertuch enger um sich. »Ich flehe dich an, Deutscher — bleib zurück! Ich kann Blattjew nicht hindern, dich zu erschlagen.«

Sie ging weiter, und Trottau folgte ihr. Er kam sich nicht einmal mutig vor, und er hatte auch keine Angst vor Blattjew. Er war Arzt, und hier war eine Krankheit, der er den Kampf angesagt hatte. Sie war im Körper eines Mädchens, das Andreas von Trottau zu lieben begonnen hatte. Diese beiden Dinge waren stärker als jede Drohung, jede Gefahr — und auch stärker als jede Vernunft.

Der Gang weitete sich, die Kammern tauchten auf, die Wohnung der Blattjews.

»Ich kann nur beten«, sagte Massja. »Nur beten ...«

Plötzlich stand Blattjew da, etwas nach vorn gebückt wie ein zum Angriff bereiter Riesenaffe.

»Hör mich an!« rief Trottau und blieb ein paar Meter vor Blattjew stehen. Um ihn herum flackerten und blakten die Fackeln in den Eisenringen, und wieder war dieser merkwürdige, beißende, an Raubtiere erinnernde Geruch um ihn, den sich Trottau nicht erklären konnte.

»Xenia ist dein einziges Kind, Igor Igorowitsch. Dein ganzes Herz hängt an ihr, und wenn du ansiehst, wie sie weniger und weniger wird und eines Tages verlischt, dann blutet dir das Herz. Du drückst das Gesicht an die Wand und weinst. Oh, du wärest kein Vater, wenn dir der Jammer nicht bis zur Kehle stünde! Soll ich dir sagen, wie es mit Xenia weitergehen wird, wenn ich ihr nicht helfe? Soll ich dir Schritt um Schritt ihren Tod beschreiben? Ich kenne ihn genau, ich habe ihn hundertmal gesehen ... Ich habe erlebt, wie er Männer, so stark wie ein Baum, fällte, und wie er Frauen, die kräftiger waren als deine Massja, zu einem Häufchen werden ließ, das ein Kind davontragen konnte. Was kannst du für Xenia tun hier unten? Du kannst dich vor sie hinsetzen und sie anstarren und jammern und klagen und Gott verfluchen. Aber die Krankheit kümmert sich nicht darum. Sie hat ihren eigenen Gott, und Jammern ist der Nährboden, auf dem sie gedeiht. Ich aber kann Xenia helfen — begreifst du das? Ich werde sie an die Hand nehmen und ihr den Himmel und die Sonne zeigen, die Blumen und die Vögel, die Wolken und den Wind. Sie wird den Schnee kennenlernen und die herrliche, trockene Kälte ... Und sie wird atmen, tief atmen und ihre Lungen mit köstlicher, sauberer Luft füllen. Damit besiegen wir den Tod, Blattjew. Damit gebe ich dir deine Xenuschka zurück!«

Trottau holte tief Atem. »So, und jetzt erschlage mich, Igor Igorowitsch. Du erschlägst damit auch deine Tochter.«

Blattjew rührte sich nicht. Er ließ Trottau herankommen, und als sie ganz nahe voreinander standen, warf er beide Arme um Trottau und zog ihn an sich. Er stammelte irgend etwas, grunzende, flatternde Laute, legte dann seinen Kopf auf Trottaus Schulter und weinte.

Am Ende der Treppe, die an der Falltür unter dem Busch endete, blieben sie stehen. Bis hierhin hatte Trottau Xenia an der Hand geführt wie ein Kind, und sie war mitgekommen, ohne ein Wort zu sprechen. Jetzt war es notwendig, Xenia auf das vorzubereiten, was sie gleich sehen würde. Es war, als wenn man einem Blinden neue Augen gab: Der Anblick der Welt mußte ihn überwältigen, niederwerfen, erdrücken.

Bevor sie weggegangen waren aus der Höhlenwohnung, hatte Massja ihre Tochter gesegnet. Und Blattjew hatte ein Tuch gebracht und lallend herumgestikuliert. Da niemand ihn verstand, auch Massja diesmal nicht, hatte er demonstriert, was er sagen wollten. Er hatte das Tuch über seine Augen gelegt.

Trottau hatte verstanden. »Nein«, hatte er heiser gesagt, »sie wird nicht blind werden vom Sonnenlicht. Ich verspreche es dir, Igor Igorowitsch.«

Nun standen sie vor der Falltür, und es war nur noch ein Schritt zum wirklichen Leben.

»Ich habe Angst, Andrej«, sagte Xenia leise. Sie benutzte die russische Form des deutschen Namens — genau wie die Zarin. Aber wenn Xenia ihn aussprach klang er ganz anders

— wie ein trauriges Lied, das um Verzeihung bat, daß es gesungen wurde ...

Trottau legte den Arm um ihre schmalen Schultern und zog sie an sich. Sie zitterte. »Angst wovor, Xenia?«

»Vor der Sonne ...«

»Die Sonne ist Leben.« Er legte die Hände gegen die Falltür. »Ich drücke jetzt die Klappe auf, ganz langsam ... Das Licht wird direkt auf dein Gesicht fallen.«

Xenia nickte, aber als Trottau die Tür bewegte, warf sie schnell Blattjews Tuch über die Augen, hob den Kopf und ballte die kleinen Fäuste. Sie stand da wie auf dem Gerüst eines Galgens und erwartete so das erste wirkliche Licht.

Stück für Stück schob Trottau die Klappe hoch. Sein Herz hämmerte. Draußen schien eine warme Sommersonne. Es war kurz nach dem Mittagsläuten, und Hitze lag über Moskau, als sei die Stadt ein Brot in einem steinernen Backhaus.

Xenia kroch in sich zusammen. »Warum brennen so viele Fackeln?« stammelte sie.

»Es sind keine Fackeln — es ist die Wärme der Sonne.«

»Irgendwo weht es heiß herein ...«

»Das ist der Wind.«

»Ich will zurück zu Väterchen, Andrej ...«

»Es ist nur noch ein Schritt zum Leben, Xenuschka. Nur ein Schritt! Komm, ich führe dich, ich halte dich fest.« Trottau legte wieder den Arm um sie. Ihr Kopf war weit nach hinten gebeugt, das Tuch lag über ihren Augen. So stiegen sie die letzten Stufen hinauf und standen dann im hohen Gras. Die Bäume rauschten, von den Rosenhecken an der Mauer wehte der süße Duft herüber, und in den Zweigen über ihnen zwitscherten die Vögel.

»Was ist das?« fragte Xenia leise. »Diese Stimmen ...«

»Die Vögel freuen sich über den schönen Tag. Du kannst sie sehen, Xenia. Nimm das Tuch weg, mach die Augen auf.«

»Ich habe Angst, Andrej ...«

»Es ist nur ein Moment, Xenia. Es ist gleich vorbei.« Er riß ihr das Tuch von den Augen, aber Xenia kniff die Lider zusammen und klammerte sich an ihm fest. Trottau legte ihr seine Hand über die Augen und küßte sie auf die Stirn. »Mach die Augen auf, Xenia«, sagte er tief atmend. »Bitte ...«

»Ich habe sie aufgemacht, Andrej.« Sie zitterte stärker. Zum erstenmal in ihrem Leben sah sie einen Schimmer echten Lichts. »Durch deine Finger quillt die Helligkeit ...«

»Paß auf ...« Trottau umfaßte sie mit dem linken Arm. »Xenuschka, du wirst jetzt zum zweitenmal geboren, richtig geboren ...« Mit einem Ruck riß er die Hand weg. Er sah Xenias starre, offene, blaue Augen und machte eine weite Geste über Gras, Bäume, Büsche, Blumen, den Himmel und die Wolken. »Xenia — die Welt!«

»Mein Gott, so sieht sie aus«, sagte sie kaum hörbar. »Das ist sie ... Wie schön, wie unbeschreiblich schön ...« Sie knickte plötzlich in den Knien ein, fiel hin, stützte sich mit den Händen ab und blieb auf den Knien liegen. Trottau half ihr nicht. Der Schock, den sie allein überwinden mußte, war gekommen. Xenia kniete im Gras, ließ die weichen Halme durch die Finger gleiten, legte die Hände um eine Rose.

»Das da ist Gras«, sagte sie. »Und das eine Blume?«

»Ja, Xenia.« Trottau kniete sich neben sie und schob ihr das lange, blonde Haar aus dem Gesicht.

»Ist das dort ein Baum?«

»Ja, eine Birke.«

Sie warf den Kopf in den Nacken und blickte dem weißen Wolkenberg nach, der träge im Wind unter dem unendlichen blauen Himmel dahinzog. »Und das da oben?«

»Eine Wolke. Der Wind treibt sie über den Himmel, bis sie sich irgendwo auflöst oder mit anderen Wolken verbindet. Dann wird es irgendwo regnen.«

»Ein Wunder, Andrej, ein Wunder!« Sie sah ihn aus ihren großen blauen Augen an. »Was ist Wind?«

»Du spürst ihn jetzt auf der Haut. Dieses unsichtbare Streicheln ...«

»Es ist wundervoll, Andrej. Ich will ihn überall spüren, diesen Wind.«

Sie riß sich das Kleid vom Körper, ehe Trottau sie daran hindern konnte. Ihre Nacktheit in diesem goldenen Sonnenlicht überwältigte ihn. Er blieb neben ihr knien, als sie sich ins Gras zurückfallen ließ und die Arme ausbreitete, um den Wind einzufangen.

Ein paarmal blickte Trottau zu den Fenstern hinauf, hinter denen die Zimmer des Zarewitsch lagen. Aber dort rührte sich nichts, die dicken Portieren waren zugezogen. Der Erbe des russischen Reiches vergrub sich.

Xenia lag ein paar Minuten wortlos in der Sonne, blickte in den Himmel und nahm das Leben in sich auf wie ein Märchen.

»Wenn man uns hier entdeckt, wird man uns aufhängen«, sagte sie plötzlich. »Aber ich habe keine Angst davor. Diesen Tag kann man nicht bezahlen, auch mit dem Leben nicht, Andruschka.«

»Hier wird uns niemand entdecken.«

»Aber der Garten gehört dem Zarewitsch . . .«

»Ja — er hat ihn mir geliehen.«

»Kann man ein Paradies verleihen?«

»Es ist vieles möglich auf der Welt und zwischen den Menschen, und das meiste versteht man nicht.«

»Aber wenn der Zarewitsch sagt: Hinaus aus dem Paradies — dann müssen wir gehen?«

»Ja.«

»Dann laß uns hier solange liegen, wie es möglich ist.« Xenia sah Trottau an. »Warum bist du so schwarz, Andruschka? Alles an dir ist schwarz, die Schuhe, die Hosen, der Rock . . . Und hier ist alles so bunt.«

»Es ist die Kleidung des Arztes. Der Zar schreibt sie vor.«

»Hier ist kein Zar.« Sie legte beide Hände um seinen Kopf und lachte ihn an. »Zieh dich doch aus wie ich! Du hast mir die Sonne geschenkt und selbst flüchtest du vor ihr. Was hast du gesagt: Die Haut muß atmen. Hast du keine Haut, Andruschka?«

»Xenia . . .« Trottau schloß die Augen. Sie kann nicht wissen, was das ist — dieses Gefühl eines Mannes für eine Frau, dieses Drängen zu ihr, dieses Brennen des Körpers, das nur der andere Körper löschen kann. Woher soll sie es auch wissen ...

»Liebst du die Sonne nicht?« fragte Xenia. »Erst preist du sie, und jetzt verschmähst du sie.«

Mit bebenden Händen zog Trottau sich aus. Und Xenia legte ihre Hand auf seine Brust und schob ihren Kopf auf seine Schulter. »Du hast recht«, sagte sie leise. »Es gibt nichts Schöneres, als in der Sonne zu sein ...«

Sie wehrte sich nicht, als Trottau sie an sich zog und küßte. Sie kannte keinen solchen Kuß; Lippe an Lippe, sah Xenia Trottau erstaunt an. Aber dann öffnete sie den Mund und trank das Unbekannte, Selige, das den ganzen Körper durchströmte, und klammerte sich an Trottau fest, als ertrinke sie. Was Liebe ist, wußte Xenia nicht. Aber sie wußte noch während dieses Kusses, daß alles anders geworden war ...

Oben am Fenster, hinter der dicken Portiere, stand der Zarewitsch und starrte mit brennenden Augen auf die Liebenden zu seinen Füßen.

VIII

Nach einer himmlischen Stunde der Ruhe, des Atmens, des Auffangens der Sonne mit allen Poren und der Geburt einer Liebe, die von Kuß zu Kuß wuchs und glühender wurde, führte Trottau Xenia zurück in die dunkle Unterwelt zu ihren Eltern.

Der Schock, den Xenia beim Eintritt in ihre bisherige Welt erlitt, war deutlich zu spüren. Sie preßte sich an Trottau, lehnte den Kopf gegen seine Schulter und begann zu zittern, je weiter sie in die riesige, feuchte Gruft vordrangen.

Die Behausung der Blattjews tauchte auf. Im Gang vor der Tür zum großen Wohnzimmer stand groß und dunkel Massja Fillipowna. Irgendwo hörte man Blattjew rumoren. Sein feines Gehör vernahm aber trotzdem die Schritte. Irgend etwas klirrte auf den Steinboden, dann erschien Igor Igorowitsch, breit, massig, ein Mann wie ein Berg.

Trottau spürte, wie Xenia sich enger an ihn preßte. Ihre Hand umklammerte seinen Arm. »Väterchen«, sagte sie stockend, »hier sind wir wieder.« Und als Blattjew nicht einmal knurrte, sondern nur stumm an der Wand lehnte, sagte sie wie verloren: »Mütterchen — draußen ist Sommer . . .«

»Wie war es?« fragte Massja dunkel.

»Ein Wunder, Mütterchen.«

»Es gibt keine Wunder.«

»Ich möchte immer in der Sonne liegen, Mütterchen.«

»Es scheint auch nicht immer die Sonne. Es regnet, der Sturm heult, Schnee erstickt die Erde, der Frost zerbricht die Bäume. Hast du ihr das nicht auch erzählt, Arzt?«

»Es war genug für sie, erst einmal eine Blume, einen Schmetterling, einen singenden Vogel, am Himmel ziehende Wolken und das warme Gras zu begreifen«, sagte Trottau. »Sie wird auch den Winter kennenlernen. Und sie wird ihn lieben wie die Wärme.«

»Es ist so schön!« Xenia warf die Arme hoch und lief auf Massja zu. Sie weinte plötzlich, und Massja schlang beide Arme um sie und blickte über Xenias Kopf hinweg böse auf Trottau.

»Mütterchen, alles auf der Welt ist schön, alles . . .«, schluchzte Xenia.

»Es gibt Wölfe, die Mensch und Tier zerreißen, es gibt Raubvögel, die ihre Krallen in den Leib der Wehrlosen schlagen, und es gibt den Menschen, der alles vernichtet — das gnadenloseste Geschöpf Gottes.«

»Was ist das alles gegen eine Rose, die sich im Winde wiegt, Mütterchen!« Xenia warf den Kopf zurück, ihr langes, blondes Haar berührte den steinernen Boden.

In Massjas Augen sprang ein böser Funken auf. »Du hast sie verdorben, Arzt! In ein paar Stunden hast du sie verdorben.«

»Ich werde Xenia heilen«, antwortete Trottau. »Hier unten wird sie verlöschen.«

»Eine Blattjew hat oben in der Sonne keinen Platz!« schrie Massja.

»Jeder Mensch hat ein Recht auf Leben. Und Xenia besonders — weil ich es will.«

»Weil du es willst! Wie das klingt! Wie stolz, wie mächtig! Wer bist du denn, he? Ein Deutscher, der Arzt der Zarin. Ein Wink von ihr, und du hängst vor dem Kremltor am Galgen. Das bist du wert, du Großmaul von einem Arzt!« Massja drückte Xenia fest an sich. »Laß sie in Ruhe, sag ich dir! Da oben in der Sonne wird sie nie geheilt, dort wird sie für immer verdorben. Igor, jag ihn fort! Er stiehlt uns unsere Tochter ...«

Blattjew stieß einen dumpfen Laut aus. Trottau wich zwei Schritte zurück und zog seinen zierlichen Kavaliersdegen aus der Scheide. Er streckte die Klinge vor und spreizte die Beine, um besseren Stand zu haben. »Bleib stehen, Blattjew!« rief er.

»Väterchen!« schrie Xenia hell. »Väterchen, rühr ihn nicht an! Er hat mir erst gezeigt, daß ich ein Mensch bin.« Sie wollte sich aus Massjas Armen befreien, aber die breite, starke Frau hielt sie fest.

Blattjew kam näher. Die Degenklinge kümmerte ihn nicht, auch nicht, als Trottau in Kampfstellung sprang, bereit, vorzuschnellen und den Degen in Blattjews Brust zu bohren. Da schnellte Blattjews rechte Pranke vor, packte blitzschnell die Klinge, riß sie mit einem mächtigen Ruck aus Trottaus Hand und zerbrach sie wie einen Stohhalm. Klirrend fielen die Stücke auf den Boden.

Aber dann geschah etwas Ergreifendes. Blattjew stand nahe vor dem erstarrten Trottau, dem zur Abwehr nur seine geballten Fäuste geblieben waren — armselige Waffen gegen die gewaltige Kraft dieses Monstrums. In Blattjews Augen schimmerte es — aber es war kein Funkeln des Hasses, sondern aus diesen runden, bettelnden und sich selbst im Zorn nie verändernden Augen liefen lautlose Tränen. Er zog den Arzt an sich, küßte ihn dreimal auf die Wangen, streichelte mit einer Zärtlichkeit, die niemand diesen groben Händen zugetraut hätte, über Trottaus Haare und Gesicht und stieß gurgelnde Laute aus, Worte, die nur in seinem Kopf einen Sinn hatten.

»Ich danke dir, Igor Igorowitsch«, sagte Trottau gepreßt. »Ich verspreche es dir ...«

»Du verstehst ihn?« rief Massja.

»Wer wird einen Vater nicht verstehen, dem man die Tochter rettet! Und wenn man ihm hundert Zungen herausgerissen hätte — es gibt Augenblicke, wo auch ein Stummer zu reden beginnt.«

»Er soll sie morgen wieder an die Sonne führen?« fragte Massja.

Blattjew nickte.

»Jeden Tag?«

Wieder das Nicken.

»Du glaubst an ihn, Igor Igorowitsch?«

Blattjew holte tief Luft. Seine Lippen formten sich, der Mund riß auf. Und dann sagte er, aus dem Grunde der Kehle kommend, aber deutlich verständlich: »Ja!«

Es war wie ein Schrei.

Xenia warf sich Blattjew zu Füßen und umklammerte seine Beine in den geflochtenen Strohstiefeln. »O Väterchen«, weinte sie, »mein gutes Väterchen ... Gott segne dich jeden Tag ...«

Blattjew hob seine Tochter auf, nahm sie wie eine Puppe auf seine Arme und trug sie an Massja vorbei ins Zimmer.

Bis ins Innerste aufgewühlt kehrte Trottau in seine Wohnung im Kremlpalast zurück. Sein Diener, der ihm vom Oberhofmeister zugeteilt worden war, ein zur Leibeigenschaft verurteilter Gefangener aus Kasan, erwartete ihn schon mit dem Mittagessen. Auf silbernen Tellern lagen große Stücke kalten Bratens, frisches Obst und ein Salat aus roten Rüben. Eine Flasche Ungarwein stand daneben.

Trottau setzte sich in einen tiefen, mit Wolfspelz bespannten Holzsessel und bedeckte mit beiden Händen die

Augen. Er brauchte jetzt Zeit, um seine Liebe zu Xenia, das Erlebnis ihres schönen Körpers in seinen Armen und das gefährliche Spiel, das er begonnen hatte, zu verarbeiten.

Am Tage Xenia Igorowna, die er liebte. In der Nacht die Zarin Marja, die er lieben mußte ... Wenn diese beiden Frauen jemals aufeinanderprallten, mußte die Welt untergehen.

»Herr«, sagte der Diener vorsichtig. Er war mit Trottau noch nicht so vertraut, um dessen Launen zu kennen. Was er bisher erlebt hatte, machte ihn vorsichtig. Alle hohen Herren haben Launen – das war eine simple Wahrheit, die der Diener schnell begriffen hatte. Erst hatte er hingerichtet werden sollen als gefangener Feind. Dann hatte man ihm das Leben geschenkt, aber ihm dafür für immer seine Freiheit genommen. Er hatte bisher neunmal seinen Herren gewechselt. Alle hatten ihn geprügelt und getreten wie einen Hund, hatten ihn angespuckt und mit der Knute auf ihn eingedroschen. Wer die Macht hat, darf die Menschen so behandeln. Und ein Leibeigener ist nicht einmal ein Mensch. So ist das, Afanasi Lukanowitsch Sabotkin, du treuherziger Mensch aus den Rosenfeldern bei Kasan. Der Teufel hole die Launen der hohen Herren – aber er tut es nicht, denn er sitzt bei ihnen und trinkt mit ihnen Wein.

»Herr«, sagte Afanasi Lukanowitsch noch einmal, diesmal ganz vorsichtig und mit einer tiefen Verbeugung, »ich habe dir das Essen gebracht ...«

»Ich habe keinen Hunger, Afanasi«, sagte Trottau müde. »Laß mich allein.«

»Der Zarewitsch will dich sprechen, Herr.«

Trottau nickte. Der Zarewitsch, dieser Schwächling, der sich hinter dicken Mauern verbirgt ... Was wird aus Rußland, wenn er einmal den Thron besteigt? Wie die Geier werden die Bojaren, die nur auf Iwans Tod warten, über ihn herfallen und ihn zerfleischen. Da waren der finstere Boris Godunow, den noch keiner hatte lächeln sehen, und der fröhliche, aber gerade deshalb wie ein Tiger gefährliche Schuiski. Da waren der alte Nikita Romanow und der Bojar

Scheremetjew, der seine Töchter so verheiratete, daß er mit allen Fürstenhäusern verwandt war. Von seiner jüngsten Tochter Helena hieß es, er verstecke und pflege sie wie ein Kleinod, um sie einmal mit dem Zarewitsch zu verheiraten. Und da waren noch die Bojaren Jurjew und Basmanow, die sich bei Iwan einschmeichelten, indem sie alle Grausamkeiten, die er erdachte, sofort in die Tat umsetzten.

Welch eine Welt! dachte Trottau. Welch ein Land, welch ein Thron! Dieses Volk hat man nur mit Blut zusammengeleimt ...

»Ist der Zarewitsch krank?« fragte er.

»Nein, Herr. Er will dich nur sehen.«

Iwan, der Kronprinz, starrte Trottau entgegen. Seine Hände begannen zu zittern, als er fragte: »Wer war die Frau in meinem Garten?«

Trottau spürte sofort, welche Gefahr von dieser Frage ausging. Der Zarewitsch war verändert. »Ihr habt sie gesehen, Herr?« fragte er zurück.

»Ihr Körper war Elfenbein in der Sonne.« Der Zarewitsch beugte sich vor. Die Sanftheit seiner Mutter Anastasia, die Furcht vor seinem wilden Vater – alles fiel von ihm ab, als habe der Anblick von Xenia etwas in ihm aufbrechen lassen. »Wer ist sie?«

»Eine Kranke, Herr.«

»Du lügst!«

»Es wäre tödlich, den Zarewitsch zu belügen.«

»Es ist tödlich!« Iwan lehnte sich zurück. »Küßt man eine Kranke?«

»Ich heile sie, Herr.«

»Mit Küssen? Mit Streicheln? Indem man mit ihrem goldenen Haar spielt? Arzt, hast du das studiert? Behandelst du damit auch die Zarin?«

Trottau hielt dem Blick des Zarewitsch stand. Ein Blick wie vom Zaren, hart, adlergleich, zwingend. Er könnte doch einmal die russische Krone tragen, durchfuhr es Trottau. Er ist kein Schwächling. Alle anderen machen ihn nur dazu, reden es ihm ein, bis er es selbst glaubt.

»Es ist ein sehr krankes Mädchen«, wich Trottau aus. Er verstand den Zarewitsch: Wer Xenia einmal gesehen hatte, konnte sie nicht vergessen. »Die Sonne, die Luft und die Blumen sind ihre einzige Rettung.«

»Deine idiotische Medizin, die mir das Fieber gebracht hat! Frische Luft!« Der Zarewitsch sprang auf und trat ans Fenster. Er starrte auf die Stelle, wo Xenia im Gras gelegen hatte. Der Fleck war deutlich zu sehen, das Gras hatte sich noch nicht wieder aufgerichtet. »Was für eine Krankheit hat sie?«

»Die Schwindsucht, Herr.«

»Das ist ihr Tod.«

»Wenn sie jeden Tag in Euren Garten kommen darf und in der Sonne liegt, wird die Krankheit aus ihren Lungen hinausgeblasen werden.«

»Du willst sie jeden Tag nackt vor mein Fenster legen?«

»Ins Gras, Herr. Ihr braucht nicht hinzusehen . . .«

»Was verlangst du von mir, du Idiot! Bei ihr werden Blinde sehend.«

»Sie muß Ruhe haben, Herr, absolute Ruhe – und Sonne, Glück und Luft . . . Das wirkt Wunder.«

»Und für das Glück bist du selbst die Medizin, he?« Der Zarewitsch kam in den Raum zurück und blieb vor Trottau stehen. »Du führst sie morgen wieder in den Garten?«

»Ja.«

»Dann werde ich zu ihr gehen und sie küssen. Ich – nicht du, Arzt!«

Trottau schüttelte langsam den Kopf. »Es wird nicht möglich sein, Herr.«

»Willst du es verhindern? Willst du mir etwas verbieten – mir, Iwan, dem Sohn des Zaren?«

»Ich kann dich nur warnen, Herr. Die Schwindsucht ist eine sehr ansteckende Krankheit.«

»Aha!« Der Zarewitsch lachte. Seine Augen verengten sich. »Ein Iwan steckt sich an, aber ein deutscher Arzt nicht.«

»Es ist gleichgültig«, erwiderte Trottau, »ob ein kleiner Arzt stirbt. Aber es ist eine Tragödie für Rußland, wenn der künftige Träger der Krone eines Mädchens wegen zugrunde geht.«

»Ich hasse diese Krone!« schrie der Zarewitsch. »Ich hasse sie! Du weißt es doch, Arzt!«

»Aber das Volk hofft auf Euch, Herr. Es glaubt an Iwan V., während es Iwan IV. erträgt. Es wartet auf Euch wie ein Feld nach langer Dürre auf den Regen. Es ist eine schwere Krone, ich weiß es.«

»Eine Dornenkrone, Arzt!« Der Zarewitsch sank in den Sessel. Sein Gesicht veränderte sich wieder. Anastasia, die Sanfte, seine Mutter, die die Bojaren hatten vergiften lassen, um die Kraft des Zaren zu brechen, und das Gegenteil erreicht hatten, Anastasia kehrte wieder in des Zarewitsch Wesen zurück, machte ihn ruhig, besonnen, traurig über sich selbst. Das Aufflackern des wilden Blutes von seinem Vater war erloschen. »*Muß* ich sie tragen, diese Krone?«

»Ja. Um Rußlands willen.«

»Du bist der beste Beichtvater, Trottau.« Die Stimme des Zarewitsch wurde wehmütig. »Ich werde nie ein großer Zar sein.«

»Ein guter Zar, Herr. Das ist mehr wert.«

»Kann die Welt einen guten Zaren ertragen? Überall ist Krieg. Die Polen, die Litauer, die Schweden, die Tataren ... Wir leben auf einer Insel mitten in einem Meer aus Feuer. Was nützt da Liebe?«

»Ich weiß es nicht, Herr. Man hat noch nie versucht, die Völker mit Liebe zu regieren.«

»Wo wohnt sie?«

»Wer?«

»Das Mädchen in meinem Garten.«

»Ich weiß es nicht. Irgendwo in Moskau. Ich ging spazieren, begegnete ihr, sah, daß sie krank war, und holte sie in den Kreml zur Untersuchung.«

»Nur weil sie schön ist? Es gibt Tausende von kranken Menschen in Moskau.«

»Ja«, antwortete Trottau langsam, »ihre Schönheit war es. So etwas darf nicht wie eine Kerze verlöschen, sagte ich mir.

Und ich sage es auch zu Euch, Herr: Laßt sie nicht verlöschen! Gebt ihr diese Stunde in Eurem Garten, laßt sie leben ...«

»Sie muß leben!« Der Zarewitsch atmete tief. »Ich werde jeden Tag am Fenster stehen und sie anschauen. Und wenn du sie küßt, werde ich dich hassen wie meinen Vater. Hinaus, Arzt, ehe ich dich von den Wachen köpfen lasse ...«

Schnell, ohne Widerrede, verließ Trottau die Gemächer des Zarewitsch.

IX

Sie ritten und ritten, in langer, auseinandergezogener Kolonne; der Zar allen voraus, denn keiner hatte so gute Pferde wie er. Sie ritten, bis Zar Iwan hundert Werst vor Moskau aus dem Sattel rutschte und schwankend neben seinem dampfenden Rappen stand. Er lehnte sich gegen das Pferd und lehnte den Kopf auf den Sattel, aber nur so lange, bis seine Begleiter ihn eingeholt hatten. Mit zusammengebissenen Zähnen kam er ihnen aufrecht entgegen: Einen müden Zaren, einen schwankenden Zaren – nie würden sie ihn so erleben!

»Noch einen Tag und eine Nacht«, sagte Iwan und zeigte in die Ferne, die von der Sommersonne wie Messing leuchtete. »Hier schlagen wir ein Lager auf und schöpfen Atem.«

Der Bojar Lubeskoi überwachte das Aufstellen des kaiserlichen Zeltes. Ein Diener kam mit den Gepäckpferden herbeigeritten, lud Kisten von den Rücken der geschundenen Gäule und brachte dem Zaren seinen Mantel – einen golddurchwirkten, langen tatarischen Mantel, mit feinstem Zobel besetzt – und eine hohe, spitze Mütze, mit Perlen bestickt und mit federgleichem Hermelin eingefaßt. Iwan zog seine Kettenrüstung aus, warf den Helm ins Gras und schleuderte die Eisenhandschuhe mit den langen Dornen hinterher. Er bezwang sich, zu zeigen, wie wohl ihm die Erleichterung tat. Mit düsterem Blick beobachtete er den Aufbau seines runden, großen Zeltes und das Einrammen der Zarenfahne neben dem Eingang. Er hatte wie betend die Hände über der Brust gefaltet und dachte an Moskau, an Marja, seine große, alle Himmel einreißende Liebe, und an die Botschaft des Bojaren Schemski, der dafür getötet worden war: Die erhabene Zarin betrügt Euch, großer Herrscher.

Fürst Lubeskoi kam um das Kaiserzelt herum. »Wann reiten wir weiter, Erhabener?« fragte er.

Iwan schrak aus seinen Gedanken. »Warum willst du das wissen?«

»Der Pferde wegen. Sie müssen sich ausruhen.«

»Vor der Kremlmauer können sie zusammenbrechen ... bis dahin müssen sie galoppieren.«

»Auch die Kraft eines Pferdes ist einmal zu Ende, Erhabener. Gönnt zwölf Stunden Ruhe ... Oder will der Zar aller Zaren mit seinem eigenen Sattel auf dem Rücken durch Moskau laufen?«

Es war schwierig, immer den Augenblick abzupassen, in dem Iwan solche Scherze ertrug. Lubeskoi hatte einen guten Moment gewählt. Iwan lachte laut und steckte die Hände in den tatarischen Seidenmantel. »Wir werden frisch wie nach einem Jagdausflug in Moskau einreiten. Sorg für die Pferde, Lubeskoi. Wir müssen schneller sein als alle Münder in Moskau ...«

»Werden wir am Tag oder in der Nacht kommen, Erhabener?«

Der Zar sah in die Weite. Fern begann ein hoher Wald, das Jagdgebiet von Sabnrowo. Hier jagt man Bären und Hirsche und die schönsten Biber im Umkreis von fünfhundert Werst.

Marja betrügt mich, dachte Iwan. Sie wird es nicht am hellen Tage tun, nicht in meinem Bett, während die Kammerfrauen herumstehen.

»Wir werden bei Nacht in Moskau einreiten«, sagte er gepreßt. Seine kleinen Augen funkelten jetzt wieder böse und gnadenlos. »Lubeskoi ... es gibt Vögel, die beginnen erst in der Nacht zu leben.«

»Die Nachtigall großer Zar.«

»Und die Eule, Lubeskoi, du Narr!« Iwan wandte sich ab und ging zu seinem fertig aufgestellten Zelt. »Tränke die Pferde!« schrie er über die Schulter zurück. »Auch ich will trinken!«

Ich trinke Rache, dachte er und schlug den Teppich vor dem Zelteingang zur Seite. Ein deutscher Arzt ... wenn mir eine einzige seiner Antworten nicht gefällt, soll sich Igor Igorowitsch Blattjew mit ihm beschäftigen ...

In der Nacht war Trottau wieder bei Marja, hielt sie in seinen Armen und dachte an Xenia.

»Ich liebe dich, mein blonder Bär«, sagte die Zarin, »ich liebe dich! Wenn du es verlangst, schütte ich dem Zaren Gift in den Wein, dem Zarewitsch, den Romanows und Godunows ... Alle rotte ich aus, alle, und wir werden allein über Rußland regieren. Befiehl, daß ich sie alle töte!«

»Ich bin kein Zar«, entgegnete Trottau müde. »Ich bin nur ein Arzt und der Geliebte der Zarin.«

»Du bist ein Mann! Bei Gott, sieh dich um – wo gibt es noch Männer? Nur Puppen sind es, nur dumme Schädel, die man abschlagen darf, und nichts ist an ihnen verloren. Sollen wir Iwan töten?«

»Noch mehr Blut, Marja? Kann man in diesem Lande nicht lieben, ohne zu töten?«

»Iwan ist in Litauen. Wenn er zurückkommt, kann ich dich seltener sehen. Ich werde es nicht ertragen. Ich kann Iwan selbst nicht mehr ertragen! Ich werde ausspucken, wenn er mich anfaßt, und mir die Haut wegbrennen, die er berührt hat ...«

Trottau gab keine Antwort darauf. Er hielt Marja in seinen Armen, küßte sie und wartete, bis sie eingeschlafen war. Dann stieg er vorsichtig aus dem Bett, löschte alle Fackeln bis auf eine, die in einem Eisenring neben der verriegelten Tür stak, und setzte sich ans Fenster. Er schob den schweren Teppich, der über einer vergoldeten Stange hing, zur Seite und blickte hinaus in die helle Sommernacht.

Hinter den Bäumen und der Krönungskirche mit den goldenen Zwiebeltürmen zog sich die Kremlmauer rund um den heiligsten Bezirk der Russen.

In ein paar Wochen ist alles vorbei, dachte Trottau. Dann ist Iwan zurück aus Litauen. Dann wird es auch für Marja unmöglich sein, einen Platz zu finden, an dem sie mich lieben kann. Vielleicht wird es sie innerlich zerreißen. Vielleicht aber gewöhnt sie sich wieder an Iwan ...

In ein paar Wochen, dachte er ...

Nur hundert Werst von Moskau entfernt, saß der Zar zur gleichen Zeit in seinem Zelt, schlaflos, von Zweifeln und Eifersucht zernagt und starrte in das flackernde Licht der Öllampe.

Für Andreas Daniel von Trottau blieben keine vierundzwanzig Stunden mehr.

Wieder um die Mittagszeit – der Zar ritt langsam durch die dichten Wälder von Sabnrowo, denn hier sah ihn niemand, und er würde erst kurz vor Moskau wieder aus den Waldungen auftauchen – holte Trottau Xenia in ihrem unterirdischen Labyrinth wieder ab zum Ausflug in die Sonne. Xenia wartete schon auf ihn. Mit ausgebreiteten Armen lief sie ihm entgegen, als sie seinen Schritt von weitem durch die steinernen Gänge hallen hörte und dann den Schein seiner Lampe sah.

Blattjew stand auf dem runden Steinplatz, von dem die Türen der Wohnung abgingen, und klapperte mit einem großen eisernen Schlüsselbund. Massja, schwarz eingehüllt wie immer, lief unruhig um ihn herum, als könnte sie ihn dadurch auf die Stelle bannen.

»Er ist verrückt geworden, der Igor Igorowitsch!« schrie sie sofort, als Trottau in Hörweite war und Xenia ihn umarmte. »Dankbar will er sich zeigen, der alte Narr! Sag ihm, Arzt, daß du seinen Dank ablehnst ...«

Blattjew grunzte laut. Er stieß Massja, die ihm den Weg vertrat, grob zur Seite, so daß sie gegen die Wand flog.

»Geh nicht mit ihm!« Massja streckte die gefalteten Hände

vor und fiel dann auf die Knie. »Um Jesus willen, um Gottes Segen willen ... geh nicht mit ihm! Er ist verrückt! Sieh es dir nicht an ... bitte!«

Über Blattjews bärtiges Gesicht zog ein Lachen. Trotz der wildwuchernden Haare sah man deutlich, welche Freude es ihm machte, dem Retter seiner Tochter sein größtes Geheimnis zu verraten. Das Geheimnis, um dessentwillen er seit zwanzig Jahren ohne Sonne, ohne frische Luft lebte. Das Geheimnis, dessen Preis seine Zunge gewesen war.

Er winkte mit dem Schlüsselbund, stieß eine dicke Bohlentür auf, riß eine Fackel aus dem Ring und tappte voran. Trottau folgte ihm.

Massja blieb zurück. Sie hatte Xenia an sich gerissen und hielt sie fest, als greife der Teufel nach ihr.

Blattjew schwenkte die Schlüssel und grunzte fröhlich. Mit der anderen Hand hielt er die Fackel hoch. Ein Luftzug traf Trottau.

Eine Luft, die ihm den Atem nahm, beißend und ätzend, der Gestank von Kot, Urin und faulendem Fleisch.

Blattjew drehte sich um, und in das Rasseln der eisernen Schlüssel klangen die Töne, die aus seiner Kehle kamen, wie Gesang.

Sie gingen einen breiten Gang entlang, der in einem saalähnlichen Raum mündete. Hier waren die Decken höher, zu einem Kreuzgewölbe gefügt und von Säulen gestützt. Schwere Leuchter aus geschmiedetem Eisen mit dicken Kerzen hingen von der Decke herab.

Sie brannten jetzt nicht. Nur zwei armselige Fackeln erhellten den großen Raum — ein Licht, das von den dicken Quadern aufgesogen wurde und diesem Teil der unterirdischen Welt eine beklemmende Atmosphäre verliehen, die einem fast den Atem nahm. Dazu der beizende Geruch, der von Schritt zu Schritt stärker wurde und den selbst die in das Kreuzgewölbe eingelassenen Entlüftungslöcher nicht aufzusaugen vermochten. Er hatte sich in die Steine hineingefressen.

Blattjew blieb stehen. Er blickte sich wieder um und lachte

Trottau zu, der ihm zögernd gefolgt war. Als hinter ihm die dicke Eichentür zugefallen war, die das Geheimnis unter dem Kreml von der Wohnung der Blattjews trennte, hatte Trottau die Ahnung von etwas Drohendem, Unheimlichen befallen. Das fröhliche Grunzen Blattjews empfand er jetzt wie eine Beruhigung, fast wie einen nötigen Schutz.

Vor ihnen war die Wand von einem doppelflügligen Tor unterbrochen. Es war eine Tür aus den dicksten Eichenbalken, die Trottau je gesehen hatte. Breite Eisenbänder mit dicken Nietnägeln hielten sie zusammen. Als Trottau neben Blattjew trat, merkte er, daß durch diese Tür der widerliche Gestank hereindrang.

»Muß ich das sehen?« fragte Trottau. Er kannte seine eigene Stimme nicht wieder — sie klang so dumpf, als habe sie in diesen Gewölben jedes Leben verloren.

Blattjew nickte. Er stieß den großen, eisernen Schlüssel in das Schloß und drehte ihn herum. Es quietschte schauerlich aber selbst das schien gewollt zu sein ... wer hier stand und auf das Öffnen der Tür wartete, dem sollte dieser Ton bereits das Herz zerschneiden.

Die schwere Tür schwang auf. Wie eine Faust schlug der Fäulnisgestank Trottau entgegen. Er hielt den Atem an und griff unwillkürlich nach Blattjews Arm. Igor Igorowitsch nickte und zog Trottau mit sich.

Sie kamen auf eine Art Galerie, eine Empore aus geschliffenen Steinplatten, die an der Unterseite von schweren Eisenstangen gehalten wurde, die in die dicke Wand eingelassen waren. Ein Geländer aus breiten schmiedeeisernen Stäben umschloß die Galerie. Rechts führte eine steile Treppe hinunter, umgeben von einem Gitter. Sie sah aus wie ein Käfig mit Stufen, an dessen Ende sich wieder eine Tür befand — eine dicke Eisenplatte, die niemand einrammen konnte.

Blattjew und Trottau traten hinaus auf die Empore.

Ein fast kreisrunder Raum lag unter ihnen. Von der Decke hingen große Öllampen herab, die Tag und Nacht brannten. Es gehörte zu Blattjews Aufgaben, sie nachzufüllen. Um das zu tun, mußte er sie mit einem langen Stab, an dem ein

Haken befestigt war, heranziehen. Die Lampen pendelten an dicken Ketten. Der fettige Ölqualm hatte die Steine über ihnen geschwärzt; durch viele kleine Löcher in der Decke zog der Rauch ab.

Blattjew trat an das Geländer der Empore und blickte hinunter.

Unter ihnen, etwa vier Meter tiefer, auf einem dicht mit Stroh bedeckten Boden, hockten drei mächtige, schwarzbraune, klobige Gestalten. Jetzt, als sie die Nähe von Menschen witterten, richteten sie sich auf, lehnten sich mit den breiten Rücken an die Quaderwand und hoben die dicken Köpfe. Über den spitzen, glänzenden Schnauzen glitzerten kalt, böse, ausdruckslos in ihrer sich nie verändernden Todesdrohung die kleinen Augen.

Bären! Mit den Tatzen, aus denen lang und gebogen die Nägel ragten, stützten sie sich auf ihre Oberschenkel.

Als Trottau neben Blattjew ans Gitter trat, begannen sie lautlos die Köpfe hin und her zu wiegen. Einen Rhythmus schrecklicher Erwartung.

Trottau lehnte sich an die Eisenstäbe und starrte hinab. Er hatte oft Bären gesehen. Auf den Jahrmärkten waren die Bärenführer gerngesehene Gaukler, die ihre dressierten Tiere nach dem Klang einer Flöte tanzen ließen. Sie machten Purzelbäume, bettelten mit erhobenen Tatzen, deren Krallen gestutzt und außerdem durch dicke Lederfäustlinge unschädlich gemacht worden waren. Die Tiere trugen einen Ring durch die Nase, und jeder Zug des Bärenführers an der daran befestigten Leine war so schmerzhaft, daß der Bär willenlos allen Befehlen gehorchte.

Aber was waren solche Jahrmarktsbären gegen diese drei gewaltigen Bestien, die hier unter dem Kreml lebten und Trottau anstarrten! Es waren Tiere von kraftvoller Schönheit, wahre Muskelberge, mit einem wildwuchernden Haarpelz.

Blattjew winkte den Tieren zu. Sein Grunzen und Lallen veränderte sich. Trottau unterschied Tonschwingungen, und er merkte, daß Blattjew die Bären beim Namen nannte und zu ihnen sprach. Wie Massja schienen sie ihn zu verstehen.

Sie fielen zurück auf die Vordertatzen und gaben die Kampfhaltung auf. Zufrieden trotteten sie in eine Ecke, wo nahe der Eisentür ein Kübel mit Fleisch stand.

»Was ... was hat das zu bedeuten?« sagte Trottau. Erregung und Gestank ließen ihn kaum atmen.

Blattjew beugte sich über das Geländer und zeigte nach unten. Trottau folgte Blattjews ausgestreckter Hand mit dem Blick — und da sah er sie: ein paar Knochen, abgenagt, verstreut im Stroh, im ersten Moment kaum zu bemerken. Aber als Arzt, als Anatom, der den Knochenbau des menschlichen Körpers studiert hatte, erkanne Trottau sofort, daß es Menschenknochen waren ...

Trottau zuckte zurück. Übelkeit überfiel ihn. Er lehnte sich gegen die Wand und schloß die Augen.

»Mein Gott«, stammelte er. »Mein Gott, Blattjew ... *Das* ist dein Leben?«

Nun verstand er auch warum der Zar Blattjew die Zunge hatte herausreißen lassen. Was hier unten geschah, sollte nie an die Oberwelt dringen, sollte nie erzählt werden.

»Ich muß hinaus«, sagte Trottau schwach. »Igor Igorowitsch, ein Arzt muß starke Nerven haben — aber das ist zuviel. Laß mich hinaus!«

Er riß die schwere, eisenbeschlagene Tür auf und flüchtete von der Empore. Er rannte den Gang entlang bis zur zweiten Tür und wartete dort. Hinter ihm kreischte der Schlüssel im Schloß, der Geruch ließ nach. Die Luft schein geradezu rein nach dem Gestank im Bärenzwinger. Langsam kam das Tappen von Blattjews Schritten näher.

In dem quadratischen Mittelteil ihrer unterirdischen Wohnung, von dem aus die Zimmer abgingen, wartete Massja. Groß, dunkel, ein schwarzer Turm, das Kopftuch weit übers Gesicht gezogen. Trottau atmete tief die kalte Luft ein — für die Blattjews mußte sie hier so rein sein wie für ihn der Wind aus einem wolkenlosen, blauen Himmel.

»Bist du nun glücklicher?« fragte Massja hart.

Trottau schüttelte den Kopf. »Nein«, sagte er leise. »Nein, Massja Fillipowna ... wo ist Xenia?«

»Ich habe sie in ihr Zimmer geschickt. Sie ist ein folgsames Töchterchen. Wir haben etwas mit dir zu besprechen, Arzt.«

»Laß mich Xenia sehen, Massja Fillipowna. Ich muß ihr etwas sagen ... gerade jetzt muß ich es ihr sagen.«

»Nein.«

»Ich weiß, daß sie darauf wartet.«

»Das weiß ich auch, Arzt. Wir sind keine Dummköpfe, auch wenn uns die Sonne nicht bescheint. Aber zuerst müssen wir miteinander reden.« Massja hob einen Vorhang hoch. Trottau trat an ihr vorbei in das Zimmer, in dem er Xenia zum erstenmal gesehen hatte. Auf dem groben Holztisch standen jetzt irdene Becher mit einem rötlichen Wein, daneben in einem geflochtenen Korb dunkles, in große Stücke gebrochenes Brot und eine flache Schüssel mit Salz.

»Setz dich«, forderte Massja ihn auf. Trottau setzte sich auf das Strohlager. Blattjew und Massja blieben vor ihm stehen, der Tisch war zwischen ihnen. Noch bevor Massja weitersprach, wußte Trottau, daß nun die größte und alles verändernde Stunde seines Lebens gekommen war.

»Ich liebe Xenia«, sagte er leise. »Massja Fillipowna – Igor Igorowitsch, es ist wahr. Bei der Seele meiner Mutter, bei allem, was auf dieser Welt heilig ist, ich liebe sie. Es hat mich überfallen wie ein Feuer, gegen das man sich nicht wehren kann.«

»Wir wissen es, Andrej. Blattjew hat zwar keine Zunge mehr, aber seine Augen sind scharf wie die der Bären. Und sein Verstand ist wacher als der anderer Menschen, denn wer nicht sprechen kann, denkt um so mehr. Du liebst Xenia, und das kann das größte Glück und das größte Unglück sein. Du bist Arzt, Söhnchen, der Leibarzt der Zarin. Du bist aus einer Welt, in die wir nie zurückkehren dürfen. Auch Xenia nicht ... sie ist eine Blattjew! Wie soll das alles werden? Weißt du es, Arzt?«

»Ja. Ich werde Xenia von der Schwindsucht heilen und heiraten.«

»Du Narr! Die Zarin wird dich zerreißen lassen!«

»Die Zarin? Nie!«

»Dann der Zar. Du hast die Bären gesehen, das allein bedeutet schon dein Todesurteil. Und Blattjew hat sie dir gezeigt, weil er sein Töchterchen liebt. Du bist dadurch ein Mitglied unserer Familie geworden ... begreifst du das?«

»Ja, Massja, und ich bin glücklich darüber.«

»Du bist ein Ausgestoßener, der von jetzt an heimlich in der Sonne lebt.«

»Ihr alle werdet bald aus diesem Grab herauskommen, das verspreche ich euch.«

»Auch du kannst die Sonne nicht unter die Erde holen. Aber genug der Worte«, erwiderte Massja. »Wer die Bären gesehen hat, muß sterben. Du bist der erste, der danach noch lebt, weil du jetzt ein Blattjew bist. Nimm das Brot, streue Salz darüber und trinke unseren Wein. Aber ich warne dich Andrej ... du kannst danach nie mehr zurück.«

»Solange es Xenia gibt, besteht meine Welt nur aus noch aus ihr.« Trottau beugte sich vor, nahm eines der Brotstücke, tauchte es in das Salz, umfaßte mit der anderen Hand den irdenen Becher und blickte Massja und Blattjew an.

»Ich liebe Xenia«, sagte er dann langsam. »Gott ist mein Zeuge.« Er biß in das Brot, hob den Becher an die Lippen und trank einen tiefen Schluck.

»Ich segne dich, Söhnchen.« Massjas Stimme schwankte. »Du hast eine Entscheidung getroffen, die dich von den Menschen trennt. Laß dich umarmen ... und dann geh zu Xenia.«

Trottau sprang auf. »Ich werde um euch kämpfen!« rief er. »Ich habe Einfluß auf die Zarin ...«

»Die Zarin!« Massjas Stimme wurde dunkel vor Haß. »Diese tscherkessische Hure! Du hast nicht gesehen, wie Marja Temrjuka da drüben auf der Galerie gestanden und laut gelacht hat, wenn die Bären einen schreienden, um Gnade wimmernden, Gott um Hilfe anflehenden Menschen zerrissen.«

»Das ist nicht wahr ...«, stammelte Trottau. Marja hier unten im Gewölbe? Zuschauerin beim grausamsten Mord?

Diese herrliche Frau, die nur aus Liebe bestand, konnte zusehen, wie Bären einen Menschen zerfleischten? Es war undenkbar!

»Viermal war sie hier unten. Dreimal davon mit dem Zaren. Sie klatschte in die Hände, als der Bojar Tscherenjew vor den Bären flüchtete, immer an der Wand entlang. Und die Bären spielten mit ihm. Sie rannten hinter ihm her und ließen ihn laufen und laufen. Er schrie, hob die gefalteten Hände zum Zaren hinauf, weinte und beschwor das Bild seiner Frau und seiner vier kleinen Kinder. Und er lief so lange, bis er nur noch taumeln konnte und am Ende auf die Knie fiel und zu Gott betete.«

»Und die Zarin?« fragte Trottau tonlos.

»Sie feuerte die Bären an. ›Schneller‹, rief sie, ›schneller! Jagt ihm das Herz aus dem Leib!‹ Und als sie über Tscherenjew herfielen und ihn zerrissen, jauchzte sie und umarmte den Zaren. ›Welch ein Schauspiel!‹ schrie sie. ›Iwanuschka, ich liebe dich!‹ – So ist sie, die Zarin.«

Trottau senkte den Kopf. Es sind ihre Worte, dachte er. Genauso spricht sie im Liebestaumel. Es ist grauenhaft ...

»Dreimal war sie hier?« fragte er, nur um etwas zu sagen.

»Viermal. Einmal kam sie allein. Sie ließ ihren Geliebten, Fürst Kataloi, hinrichten. Es war die beste, stillste Art ihn zu beseitigen. Fürst Kataloi verschwand einfach. Nicht einmal der Zar erfuhr es. Er ließ Kataloi hundert Tage lang suchen und setzte eine Belohnung von tausend Rubel aus. Blattjew bekam von der Zarin zweitausend Rubel ...« Massja lachte bitter.

»Ja, Arzt, wir sind eine reiche Familie, reicher als viele Tausende im Lande. Aber was nützen uns zweitausend Rubel im Grab?«

Trottau trank den Wein aus. Marja, dachte er, ist das auch mein Ende? Werde ich wie Fürst Kataloi im Bärenzwinger zerrissen werden, wenn ich ihr lästig geworden bin?

Er blickte zu Blattjew hinüber, der ebenfalls ein Stück Brot mit Salz aß und einen Schluck Wein trank. Wird er mich den

Bären vorwerfen, dachte Trottau, wenn es die Zarin einmal befehlen sollte? Mich, den Mann seiner Tochter?

Massja schien seine Gedanken zu ahnen. Sie schenkte neuen Wein ein und sagte: »Wenn es sein muß, werden wir alle gemeinsam sterben. Eine andere Lösung gibt es nicht, wenn uns die Ungnade des Zaren trifft. Und jetzt geh zu Xenia, mein Söhnchen.«

Massja und Blattjew umarmten Trottau, küßten ihn und weinten vor Rührung. Dann ging Trottau in das andere Zimmer.

Xenia erwartete ihn schon sehnsüchtig. Sie breitete die Arme aus und flog ihm entgegen. Ihr Haar wehte wie eine goldene Fahne.

Trottau zog sie an sich und küßte sie. Und mit diesem Kuß hatte sich sein Schicksal für alle Zeiten entschieden.

X

Es war Mitternacht, als Zar Iwan mit seinem Gefolge die ersten Häuser von Moskau erreichte.

Ein Reitertrupp war vorausgeritten und hatte alles, was sich auf den Straßen befand, in die Häuser zurückgejagt.

So war Moskau wie ausgestorben, als Iwan mit dem kleinen Kreis seiner ausgewählten Bojaren zum Kreml ritt, ihm voraus seine Rache genießend und in Gedanken in Grausamkeit schwelgend.

Aber der Zar hatte Marja unterschätzt. Heimlich hatte sie ihren eigenen Nachrichtendienst, der ihr alles meldete, was sich in Moskau und in Iwans nächster Nähe zutrug.

In dieser Nacht, drei Minuten nach Mitternacht, brachte ihr ein Bote bereits die Nachricht, daß der Zar heimlich in Moskau sei. Er war gerade durch die Falltür aus dem unterirdischen Gang gestiegen.

»Iwan hat Schemski doch geglaubt!« sagte die Zarin, als der Bote gnädig entlassen worden war. »Er will mich überraschen.« Sie strich Trottau über das bleiche Gesicht. »Er soll überrascht werden — aber anders, als er denkt. Wir werden uns jetzt nur noch wenig sehen, mein Liebster. Aber Iwan wird nicht lange Zeit haben, mich zu bewachen. Die Schweden rücken vor, die Polen sind aufsässig, die Litauer rebellieren. Er hat Arbeit genug, sich um sein Reich zu kümmern. Umarme mich, mein großer, blonder Bär. Es wird mir eine Zeitlang genügen müssen, dich jetzt nur noch zu sehen ...«

Das Wort Bär aus dem Munde der Zarin jagte einen Schauer über Trottaus Rücken. Er sah den runden, tiefen Zwinger vor sich — und Marja, wie sie mit ungerührter Miene hinunterblickte auf ihren Geliebten, Fürst Kataloi, während ihn die Bären zerfleischten.

»Geh, mein Liebling«, sagte Marja zärtlich. Sie hielt Trottaus Starre für Angst vor dem Zaren. »Iwan wird allen Verdacht begraben, sobald er den Kreml betritt. Vertraue auf mich!« Sie lachte, küßte ihn wieder und schob ihn zur Falltreppe.

Afanasi Likanowitsch Sabotkin, sein Diener, war noch wach, als Trottau in seine Wohnung kam. Stumm brachte er seinem Herrn eine große Schale mit dampfendem, herrlich duftendem Tee.

»Geh«, befahl Trottau hart. »Setz dich vor die Tür. Die Strelitzen des Zaren werden bald kommen und mich holen.«

Im Gesicht des Riesen Sabotkin zeigte sich keine Regung. »Trink, Herr«, sagte er. »Es ist Tee mit Honig. Bei uns daheim nannte man es den Trank der Götter. Er schenkt eine neue Seele.«

»Genau das ist es, was ich brauche! Eine neue Seele!« Trottau richtete sich auf. »Meine alte Seele ist heute vernichtet worden.«

»Dann trink.« Sabotkin hielt ihm die Schale hin. Langsam schlürfte Trottau das heiße Getränk. Es war kräftig und süß. »Das tut gut«, sagte er zwischen zwei Schlucken. »Afanasi, du bist vielleicht ein besserer Arzt als ich.«

»Es ist nicht klug, hierzubleiben.« Sabotkin stellte die Schale beiseite.

»Wo soll ich hin?« Trottau setzte sich auf sein Bett. »Flüchten? Wie weit käme ich denn? Die Hand des Zaren reicht überallhin. Und warum flüchten? Es gibt keine Beweise, Afanasi ... Nur du weißt, wo ich meine Nächte verbracht habe.«

»Ich bin ein Grab, Herr, das alles schluckt. Flüchten wäre dumm. Du solltest den Zarewitsch untersuchen, während der Zar eintrifft.«

»Auch das weißt du schon, du Halunke?«

»Es ist wichtig, das dritte und vierte Auge von seinem Herrn zu sein.« Sabotkin lächelte in seinen Bart. »Du kannst mich verprügeln ...«

»Ich werde dir zehn Rubel schenken! Dein Rat ist gut. Meine Tasche, meinen Mantel, Afanasi! Lauf voraus und melde mich dem Zarewitsch.«

Der Thronfolger hatte am Abend viel getrunken. Aus tiefem Schlaf gerissen, starrte er Trottau an. »Wer hat dich gerufen?«

»Mein Gewissen, Herr.« Trottau zog die Decke aus Wolfspelz vom Körper des Zarewitsch. »Es gibt gewisse Untersuchungen, die man nur nachts erfolgreich durchführen kann. Der Stand des Mondes spielt dabei eine Rolle. Heute ist eine solche Nacht. Ich muß Euer Herz hören, Zarewitsch.«

Er schob das Hemd hoch und preßte sein Ohr auf die Brust des Zarensohnes. Ich tue es für dich, Xenia, dachte Trottau dabei. Ich werde alles für dich tun. Selbst meine Berufsehre als Arzt mache ich jetzt lächerlich. Aber es muß sein — der Tod reitet gerade durch Moskau.

Nachdem Trottau gegangen war, kehrte Marja in ihr Zimmer zurück. Sie schlug gegen einen großen Gong, der in einer Ecke stand, und als die Leibgardisten hereinstürzten, gefolgt von den verstörten Kammerfrauen, saß die Zarin auf ihrem breiten Bett und hatte die Hände gefaltet.

»Meine Festkleider!« rief sie. »Die Tscherkessenkrone!

Niemand hat daran gedacht, was heute für ein Tag ist. Ich bin aufgewacht nach einem Traum, in dem Gott zu mir sagte: ›Marja, hast du mich vergessen? Heute ist der Tag, an dem ich einen Lahmen heilte und einen Blinden sehend machte. Und du schläfst?‹ Da bin ich aufgewacht und habe geweint vor Scham. Was steht ihr hier herum? Schnell, holt die Mönche! Vater Prokorij soll kommen! Mein Festgewand! Lauft, lauft!«

Noch während der Zar durch das schlafende Moskau ritt, liefen die in einem Kloster neben der Krönungskirche hausenden Mönche zusammen und strömten unter der Führung von Vater Prokorij in den Zarenpalast. Im Zimmer der Zarin entzündeten ein Zeremonienmeister und vier Lakaien über hundert Kerzen in silbernen Leuchtern und schleppten große, goldschimmernde Ikonen heran. Die Zarin war in ein weites, langes Seidengewand gehüllt. Ihr Haar floß offen über die Schultern. Auf dem Kopf trug sie die mit Edelsteinen besetzte Tatarenkrone von Kasan. So saß sie unbewegt, hochaufgerichtet, wie eine Statue auf einem goldenen Sessel, umflossen von schimmerndem Glanz.

Von weither hörte man Pferdegetrappel. Iwan ritt in den Kreml ein.

»Singt«, befahl die Zarin laut. »Das Gloria.«

Schon beim Einreiten in den inneren Palasthof hörte Iwan den herrlichen Gesang. Er hielt sein Pferd an. »Was ist das? Die Mönche singen das Gloria?« Er stieg aus dem Sattel, warf die Zügel einem Strelitzen zu und eilte zum Tor, das in den Palast führte.

Auf der Treppe blieb Iwan wieder stehen. Die herrliche Stimme von Vater Prokorij dröhnte durch das Haus.

Langsam ging der Zar weiter. Das bleiche Gesicht vom Kerzenschein überflackert, auf dem Kopf die spitze Zarenmütze, in einem bestickten tatarischen Mantel, aber noch in den schwarzen Kettenstiefeln, so betrat Iwan den Saal, aus dem der Gesang ertönte. Die goldenen Ikonen leuchteten. Wie erstarrt in Demut saß die Zarin mitten im Raum und betete.

Langsam nahm Iwan seine Mütze ab und verneigte sich vor den Heiligenbildern. Dann ging er hinter den goldenen Sessel und legte beide Hände auf Marjas Schultern. Als seine Finger mit ihrem seidigen schwarzen Haar spielten, lächelte sie und neigte den Kopf so weit nach rechts, daß ihre Wange seine Hand berührte.

In Iwans Herzen zerbrach alles: Rache, Zweifel, Eifersucht, Grausamkeit. Seit seiner Kindheit liebte er schöne Stimmen, liebte er den Chorgesang der Mönche, und oft ließ er sie zu sich in den Kreml kommen und allein für sich singen. Dann saß er versunken da, hatte die Augen geschlossen und dachte an seine Kindheit, die voller Härte und Bosheit, Intrigen und Brutalität gewesen war — aber auch voller Sehnsüchte. In solchen Stunden, eingehüllt von Gesang, war der Zar kein furchterregender Herrscher mehr, sondern ein ganz kleiner Mensch, der sogar weinen konnte, wenn das ›Erbarme dich, Gott‹ gewaltig zum Himmel klang.

Zar Iwan unterlag dem größten Betrug, der je an ihm begangen worden war.

Als der Chor schwieg, beugte sich Iwan zu Marja hinunter und küßte ihre Stirn. »Mein Engel, ich liebe dich. Ich bin Tag und Nacht geritten, um dich zu sehen.« Und dann fügte er ganz beiläufig hinzu: »Wo ist Trottau, der Arzt?«

»Ich weiß es nicht, mein Liebling.«

»Du kennst ihn?«

»Er hat mir einmal geholfen. Mein Kopf zersprang fast vor Schmerzen.«

»Ein schöner Mann, nicht wahr?«

»Ein deutscher Bauer!« Marja küßte Iwans Hand. »Mein Herz zuckt vor Glück, daß du gekommen bist . . .«

Die Mönche sangen wieder. »Gott, mein Herr, wir loben dich. Du bist die Macht, die alles schafft . . .«

Marja versank von neuem in Andacht. Iwan entfernte sich leise. Er sah nicht, wie Marja ihm unter gesenkten Lidern nachblickte.

Draußen vor der Tür winkte der Zar einem Strelitzen. »Weiß man, ob der deutsche Arzt in seinem Zimmer ist?«

»Erhabener Herrscher, der Arzt sitzt bei dem Zarewitsch«, antwortete ein großer, bärtiger Mann aus dem Halbdunkel.

»Wer bist du?«

»Der Diener des Arztes, großer Zar.« Sabotkin verneigte sich tief. Ohne daß Trottau davon wußte, war er hierhergekommen, um auch von sich aus jede Verbindung zwischen Trottau und der Zarin zu verwischen. Es schien gelungen.

»Kommt mit!« Iwan winkte. »Ich will den Arzt sprechen.«

Sabotkin rannte voraus. Er wußte, daß Trottau jetzt mitten in der Untersuchung war — ein Anblick der den Zaren überzeugen würde. Vor der Tür vor dem Schlafzimmer des Zarewitsch blieb der Diener stehen und fiel auf die Knie.

»Hier ist es, großer Zar.«

Ein Tritt des Zaren warf ihn zur Seite.

Ein zweiter Tritt öffnete die Tür.

Trottau richtete sich vom Bett auf und streckte die nackten Arme von sich. Er hatte den Zarewitsch gerade massiert.

Mit gesenktem Kopf, wie ein Adler, der im Gras eine Beute erspäht, blieb der Zar in der Tür stehen.

Eine ganze Zeitlang, die Trottau wie eine Ewigkeit vorkam, standen sie sich gegenüber: der Zar breitbeinig auf seinen Possoch gestützt, der Arzt sich tief verneigend. Hinter ihnen setzte sich der Zarewitsch in seinem Bett auf, zog sein offenes Hemd über den schmalen, bleichen Brustkorb und stellte die Füße auf den Boden.

»Gott segne dich, Väterchen«, sagte er. »Wo kommst du her? Keiner hat dich erwartet.«

»Ich habe fliegen gelernt, mein Sohn«, erwiderte der Zar. Er streckte den Arm aus und berührte mit der stählernen Spitze des Possochs Trottaus Hals, der noch immer mit gesenktem Kopf wartete. »Du bist ein kluger Mann, Arzt. Du wirst sagen: Ein Mensch kann nicht fliegen. Und ich sage dir: Ich bin geflogen. Glaubst du das?«

»Ja, Herr.« Trottau richtete sich auf. Ihre Blicke begegneten sich, kreuzten sich, prallten aufeinander wie Schwerterklingen.

Der Zar zog die buschigen Brauen hoch. Dieser Mann kennt keine Angst, dachte er. Meine Possochspitze liegt an seiner Kehle, und er blickte mich an mit dem ganzen Stolz des Stärkeren. Man sollte jetzt zustechen. Nur eine kleine Bewegung aus dem Handgelenk ist nötig, und es wird niemanden geben, der diesen Trottau vermissen wird. Ob Arzt oder Bojar — sie sind alle Kulaken. Mein Wille allein ist ihr Leben. Man sollte wirklich zustechen ...

Aber er tat es nicht. Langsam ließ er den Possoch sinken und stützte sich wieder auf ihn. Die Spitze bohrte sich in den dicken Teppich.

»Du antwortest mit Ja? Wie können Idioten nur Ärzte werden?«

»Warum sollen Zaren nicht fliegen können? Der Zar kann alles.«

»Das ist eine gute Antwort.« Iwan setzte sich in einen Sessel neben das Bett des Zarewitsch. »Ich hatte Sehnsucht nach Moskau«, fuhr er nach ein paar Minuten quälenden Schweigens fort. Auch der Zarewitsch sprach kein Wort. Er kannte seinen Vater besser als Trottau, und er sah in den Augen Iwans das kalte Glitzern der Grausamkeit und jene Freude, die eine Katze empfinden muß, wenn sie mit einer wehrlosen Maus spielt. »Kennst du Sehnsucht, Arzt?«

»Ja, erhabener Zar.« Trottau war auf der Hut. Das Gespräch begann in eine gefährliche Richtung zu treiben. Die nächste Frage des Zaren bewies es.

»Nenne mir einige Sehnsüchte, Arzt.«

»Die Liebe zum Vaterland, Herr ...«

Iwan senkte den Kopf. »Das ist die Ursehnsucht der Russen ... Es stimmt. Weiter!«

»Die Sehnsucht nach Frieden.«

»Ein Traum, Arzt,«

»Die Sehnsucht nach Reichtum.«

»Sie verdirbt den Menschen.«

»Die Sehnsucht nach Gesundheit.«

»Eine Wunderhoffnung. Gibt es gesunde Menschen, Arzt?

Du mußt es wissen. Hast du schon einmal in deinem Leben einen völlig gesunden Menschen gesehen?«

»Nein, erhabener Zar.«

»Also bin ich auch krank?«

»Da kein Mensch vollkommen ist, kann auch ein Körper nicht vollkommen sein.«

Der Zar legte das Kinn auf seine Fäuste, die den Possoch umklammerten. »Sind das alle Sehnsüchte, die du kennst?«

Die Falle war offen, aber Trottau ging nicht hinein. »Die wichtigsten, Herr.«

»Und die Sehnsucht nach einer Frau?«

»Man hat sie, erhabener Zar, aber man spricht nicht darüber.«

»Gut pariert, Arzt! Aber zu kühn!« Iwans Kopf fuhr hoch. »Du kennst die Sehnsucht nach einer Frau?«

»Ja, Herr.«

Sie sahen sich wieder an. In Iwans Blick glitzerten die Gnadenlosigkeit und die Macht. Trottau begriff jetzt, warum jeder in Rußland in den Staub fiel, wenn der Zar ihn ansah, und warum er inbrünstig Gott dankte, wenn der Zar wieder gegangen war, ohne Blut zu hinterlassen.

»Welche Frau? Hast du auch den Mut, ihren Namen zu nennen, Deutscher?«

»Sie heißt Elisabeth und wohnt in Aachen.«

Das war eine so klare und unerwartete Antwort, daß Iwan verblüfft schwieg. Als der Zarewitsch leise lachte, fuhr er herum und stampfte mit dem Possoch auf.

»Warum bist du Arzt geworden, Deutscher?« Der Zar bohrte die Spitze des Possochs in Trottaus schwarzen Rock, bis der Stahl die bloße Haut traf. Trottau stand steif und unbeweglich da. Die kleinste Bewegung mußte die Stahlspitze in seine Brust treiben. »Ein Mensch wie du eignet sich zum Narren«, sagte Iwan langsam. »Nur ein Narr darf auf dieser Welt die Wahrheit sagen. Daß man darüber lacht, beweist, welch ein Feind die Wahrheit ist. Ich habe bisher alle meine Feinde besiegt — weißt du das, Arzt?«

»Man sagt es, erhabener Zar.«

»Man weiß es!« schrie Iwan. »Welche Krankheit hat die Zarin?«

»Die Einsamkeit, Herr.«

»Welch ein Tor! Marja gehört das ganze russische Reich!«

»Was fängt eine Frau mit einem Reich an? Der schmutzigste Raum einer Hütte ist wertvoller für sie, wenn er von Glück erfüllt ist.«

Iwan lehnte sich zurück. Sein Gesicht veränderte sich. Die Grausamkeit wich aus seinen Augen.

»Marja ist unglücklich?« fragte er leise. »Hat sie dir das gesagt?«

»Wie kann eine Zarin darüber mit einem Bettler sprechen! Aber ein Arzt liest die Krankheiten auch aus den Blicken. In den Augen erkennt man die Seele, sagte schon Hippokrates. Als Ihr in Litauen wart, großer Zar, hatte sie traurige Augen.«

Iwan sprang auf. Der Zarewitsch duckte sich, seine Augen wurden weit. Jetzt sticht er ihn nieder dachte er. Litauen und Polen liegen wie Aussatz auf des Zaren Seele, und Trottau wagt es, Litauen zusammen mit der Zarin zu nennen. Ein guter Arzt ist er zwar – aber eben doch nur ein Narr. Leb wohl, Brüderchen . . .

»Du wirst mich morgen untersuchen, Arzt«, sagte Iwan hart. »Nach der Morgenmesse stehst du bereit.« Er ging zur Tür, blieb ruckartig stehen. »Nein, nicht morgen. *Jetzt!* Ein Zar ist immer gesund, weißt du das?«

»Ich werde es lernen, Herr.« Trottau knöpfte seinen Rock zu, nahm seine Arzttasche vom Boden und verneigte sich vor dem erstarrten Zarewitsch.

»Du sollst es sehen und hören!« Über das Gesicht des Zaren lief ein böses Lächeln. »Ich werde dir zeigen, wie man die Zarin heilt!«

Er trat die Tür wieder auf; die Leibgardisten im Vorraum standen steif wie Bäume, selbst ihre Augen schienen zu Holz erstarrt. Der Zar hastete durch die langen Gänge, sein tatarischer Mantel wehte um seine knochige Gestalt. Trottau folgte ihm, und je näher sie den noch immer singenden Mönchen kamen, um so schmerzhafter verkrampfte sich sein Herz. Er glaubte, die Gedanken und Pläne Iwans zu erraten. Sie würden ihn, Trottau, zum Mitwisser machen — ein Wissen, das ihn für alle Zeiten dem Zaren ausliefern würde.

XI

Marja Temrjuka saß noch immer betend in ihrem goldenen Sessel. Die Mönche sangen das zehnte Credo; drei kleine Meßdiener, Novizen des Klosters, wechselten Kerzen aus. Zwei riesenhafte Leiblakaien schwangen die noch herbeigeschaften schweren bronzenen Handglocken ... Es war eine überwältigende Feier frommer Gottergebenheit, wie man sie sonst nur zu Ostern kannte.

Der Zar blieb in der Mitte des Gemachs stehen und winkte Trottau an seine Seite. Das Licht der vielen Kerzen flackerte über Iwans Gesicht.

»Wie schön sie ist«, sagte er heiser vor Erregung.«

»Es ist eine herrliche Feier«, antwortete Trottau.

»Ich meine die Zarin, du Hohlkopf!« Iwan warf seinen tatarischen Mantel ab. Er ließ ihn einfach zu Boden fallen und schleuderte die spitze, goldbestickte Mütze hinterher. »Hinaus!« brüllte er so laut, daß seine Stimme selbst den Chor übertönte und den kirchlichen Gesang zerschnitt wie ein Schwert. Die Stimmen schwiegen, zerflatterten, ertranken gleichsam in diesem Aufschrei. »Alles hinaus! Bei Sonnenaufgang singt ihr weiter! Der Patriarch soll die Messe lesen! Alle Popen Moskaus will ich um mich sehen! Das geweihte Kreuz will ich küssen! Aber jetzt hinaus mit euch, hinaus!«

Die Mönche rafften die Kutten und rannten aus dem Zimmer. Die Novizen hasteten ihnen nach und zum Schluß die beiden Riesen von Leiblakaien.

Er drehte sich um, machte vier lange Schritte und stand vor Marja. Mit einem harten Griff packte er ihr Festkleid und riß es über der Brust auf. Er zog es mit drei wilden Rucken vollends herunter, so daß die Zarin mit nacktem Oberkörper, unbeweglich wie aus weißem Stein gemeißelt, auf dem goldenen Sessel saß.

»Wie krank sie ist!« rief Iwan gedehnt und winkte Trottau heran. »Komm her, sieh es dir an ... Ist das ein kranker Körper?«

Gehorsam trat Trottau vor die Zarin. Ihre Augen starrten durch ihn hindurch, als er sich vorbeugte und das Ohr unter ihre Brust legte. Mit einem Fußtritt schleuderte Iwan ihn zur Seite. Und dann lachte er — ein schreckliches, irres Lachen, das das Blut zu Eiswasser werden ließ.

»So heilt ein Zar die kranke Zarin!« schrie er. »Sieh es dir an, Arzt! Bleib da stehen und rühr dich nicht!«

Er zog Marja aus dem Sessel hoch und drückte sie nach hinten auf das breite Bett. Was dann geschah, war ein Anblick, der sich in Trottau hineinbrannte wie ein Brandzeichen, unauslöschbar für alle Zeiten.

Bis zum Morgengrauen stand er vor der Wand der Ikonen, während Iwan und Marja auf dem breiten Bett in einer dem Wahnsinn nahen Leidenschaft miteinander und gegeneinander tobten. Es schien, als hätten sie die Gegenwart des Arztes vergessen — aber es schien nur so.

Zweimal, mitten im höchsten Rausch der Ekstase, drehte Iwan den Kopf um und starrte Trottau an. In seinem Blick lag nicht nur Triumph, sondern auch eine Drohung, die Trottau genau verstand: Wer das gesehen hat, wer Zeuge war, wie der Zar die Zarin liebt, ist kein Mensch mehr, er ist nur noch ein Ding. Nein, nicht einmal das! Er ist nichts als die Luft, welche die heißen, schwitzenden Körper umweht. Luft, die man hinausscheucht, indem man die Fenster öffnet.

Nach zwei Stunden fiel Iwan schließlich völlig ermattet aus dem Bett und lag halb ohnmächtig auf den Fellen, die den Boden bedeckten. Iwan war besiegt. Er schlief ein; ein zusammengekrümmtes, armseliges Bündel Mensch.

Die Zarin rutschte aus dem Bett, kniete sich neben ihn und legte seinen Kopf in ihren Schoß. Sie legte beide Hände über sein Gesicht, warf den Kopf in den Nacken und begann in einer fremden Sprache, die singend und kehlig klang, Zauberformeln zu sprechen. Monoton beschworen die Worte den Zaren mit dem uralten Geisterglauben einer unbekannten, fern im Osten liegenden Welt.

Die Kerzen brannten nieder. Zur zwei Öllampen erhellten den großen Raum; die goldenen Ikonen schimmerten schwach. Und davor lag der mächtigste Mann der Welt, zerbrochen an einer Liebe, die über seine Kräfte ging. Dunkel, nur ein Schatten, stand noch immer Trottau neben dem Bett, festgenagelt von der Erkenntnis, daß er zwar lebte, aber nicht mehr Besitzer seines Lebens war.

Das monotone Murmeln der Zauberformeln erstarb. Es war, als erwache Marja aus einer Versunkenheit, die sie in eine andere Welt geführt hatte.

»Er wird immer mein Sklave sein«, sagte sie leise. »Er kann herrschen ... aber mich wird er nie beherrschen. Warum sagst du nichts, blonder Bär?«

Trottau atmete tief auf. Was er gesehen hatte, sehen mußte, trennte ihn für immer von der Zarin. Sie begriff das noch nicht, und es wäre tödlich gewesen, es ihr zu zeigen.

»Wir haben Glück gehabt«, erwiderte er. »Er hätte uns auch überraschen können.«

Die Zarin lachte verhalten. Sie schob Iwans Kopf aus ihrem Schoß und kam nackt, mit wiegenden Hüften, auf Trottau zu.

»Er hat mich vor deinen Augen geliebt«, sagte sie. »Er hat dich damit zum zweiten Zaren gemacht.«

»Zu einem Nichts bin ich geworden! Ich habe heute nacht meine Persönlichkeit verloren.«

»Aber du hast mich für immer gewonnen. Ist das kein guter Tausch?« Sie umarmte und küßte ihn, und er ließ es über sich ergehen. Er schloß die Augen, dachte an Xenias himmlische Reinheit und war wie erlöst, als Marja ihn losließ und sich wieder aufs Bett setzte.

In der Morgendämmerung — ein heißer Tag zog über Moskau herauf — streifte Marja ein schleierähnliches Gewand über und ging hinaus. Trottau saß in dem goldenen Sessel und schlief. Er schrak auf, als ihn ein Fußtritt traf.

Iwan stand vor ihm, bleich, mit tiefen Schatten unter den Augen, schwankend vor Entkräftung.

Trottau sprang auf und verneigte sich.« Hat der Zar einen Wunsch?« fragte er.

»Du sollst nicht schlafen, du Schuft!« Iwan bückte sich ächzend, hob seinen tatarischen Mantel auf, legte ihn lose um die Schultern und ergriff seinen Possoch, den er an die Wand gelehnt hatte. Mit einem kräftigen Stoß hieb Iwan ihn in den dicken Bohlenboden, trat dann zurück und lächelte böse. Der lange, zu einer tödlichen Waffe gewordene Hirtenstab zitterte zwischen ihm und Trottau.

»Sieh ihn dir an«, befahl der Zar. »Er ist dein Schicksal.«

»Ich weiß es, Herr.« Trottau ergriff den Possoch, zog ihn aus den Dielen. Sein Arm zuckte hoch und stieß die stählerne, lange Spitze so tief in den Boden, daß der Stab nicht einmal mehr zittern konnte.

Mit kleinen, zusammengekniffenen Augen hatte Iwan zugesehen. »Stärke ist nichts«, sagte er. »Macht ist alles!«

Die Zarin kam zurück. Sie war allein und hielt in den Händen ein chinesisches Tablett mit einer großen Tasse köstlich duftenden Tees. Sie stellte das Tablett auf das Bett, ging zu den Fenstern, riß die Vorhänge zur Seite und ließ die noch bleiche Morgensonne ins Zimmer fallen. Dann kam sie zurück, streifte das Gewand von ihren Schultern und kredenzte nackt dem Zaren den Tee.

Iwan ballte die Fäuste. Mit einem Hieb schlug er Marja das Tablett aus den Händen, griff in ihr aufgelöstes, langes, schwarzes Haar und zog sie mit einem Ruck an sich.

»Willst du mich töten, du Teufelin?« schrie er. »Was machst du aus mir? Deine Schönheit bringt mich noch um!«

Er reckte sich auf. Man sah, wie er die Muskeln spannte — und dann traf ein schrecklicher Faustschlag Marja mitten auf den Kopf.

Sie taumelte, griff haltsuchend um sich, ein Lächeln glitt

über ihr Gesicht, die Lippen formten Worte. Trottau verstand, was sie sagte: »Du bist der Herr. Schlag zu, schlag weiter, Iwanuschka! Ich bin glücklich, du Herr aller Herren!« Dann fiel sie in sich zusammen.

Iwan drehte sich zu Trottau um. »So heilt ein Zar die Weiberkrankheiten«, meinte er zufrieden. »Jetzt bist du an der Reihe, Deutscher. Weck sie auf ... Wir wollen in fröhlicher Runde unseren Morgentee trinken.«

Erst am späten Vormittag durfte Trottau in seine Wohnung im Kremlpalast zurückkehren. Sein Diener Afanasi Likanowitsch Sabotkin erwartete ihn. Er hatte in einem großen Holzzuber ein heißes Bad gerichtet und stand daneben, Tücher und zwei Holzeimer mit kaltem Wasser bereithaltend.

»Das wird dir guttun, Herrchen«, meinte er. »In meiner Heimat verjagt man die Schwere der Nacht mit heißem und kaltem Wasser, immer abwechselnd. Das treibt jeden bösen Geist aus dem Körper.«

»Ihr scheint kluge Menschen zu sein, Afanasi.« Trottau zog sich aus und setzte sich in das heiße Wasser. Es traf ihn wie ein Schock; sein Blut geriet in Wallung. Dann fuhr er wie von der Tarantel gestochen hoch, als Afanasi mit Schwung einen Eimer eiskaltes Wasser über ihn ausschüttete.

»Bist du verrückt?« schrie Trottau.

»Der Teufel ist weg, Herrchen!« Sabotkin grinste breit. »Noch einmal heiß und einmal kalt, dann fühlst du dich so, daß du glaubst, einen Hengst einreiten zu können.«

Ohne eine Antwort abzuwarten, drückte er Trottau zurück in die große Holzwanne. Und da Sabotkin ein Riese war, gab es für Trottau keine Gegenwehr. Er tauchte in das heiße Wasser, fuhr wieder hoch. Der zweite kalte Guß kam wie eine stählerne Faust.

»Das muß man sich merken, Afanasi, du schielender Teufel«, sagte Trottau und wickelte sich in ein neues angewärmtes Tuch. »In der Erfahrung der Jahrhunderte liegt der

Schlüssel vieler Geheimnisse. Ich fühle mich frisch wie nie! Wo ist der versprochene Hengst, du bärtiger Lump?«

Sabotkin lachte glücklich. Er ist ein guter Herr, dachte er mit einer fast väterlichen Zärtlichkeit. Der erste, der seinen Leibeigenen nicht prügelt, anspuckt, in den Bauch tritt und Knüppel auf ihm zerschlägt. Wie einen Mensch behandelt er mich ... Brüder, ist das ein Gefühl!

Er fiel auf die Knie, ergriff Trottaus rechte Hand und küßte sie inbrünstig. »Herr, ich bin nur ein armseliger, dummer Pferdehirt, aber ich lasse mir für dich den Kopf abschlagen.«

»Warum, Afanasi? Ich brauche deinen Kopf noch. Hol etwas zu essen, bring heißen Tee, und dann sage allen, die mich sprechen wollen, ich sei in die Stadt geritten.«

Sabotkin verneigte sich tief. »Sie liegt schon in der Sonne«, sagte er.

Trottau durchfuhr es wie ein Schlag. Er schnellte vor und riß Sabotkins Kopf am Bart hoch. »Wer?«

»Xenia Igorowna.«

»Was weißt du von Xenia, du Satan?«

»Wenn der Herr unvorsichtig ist, muß sein Schatten ihn zudecken. Ich habe Wache gehalten, wenn der Herr im Garten war.«

»Und woher kennst du ihren Namen?«

»Der Schatten ist ein Kind der Sonne. Welches Kind kennt nicht seine Mutter?«

Trottau ließ Sabotkin los. Fragen nützten nichts mehr. Es war auch gleichgültig, woher Afanasi sein Wissen hatte. Wichtig war nur, daß Sabotkin immer in der Nähe war. Trottau wußte, daß er nirgendwo sicherer war als unter diesem Schutz.

»Ich gehe sofort zu ihr«, sagte er. »Hol schnell den Tee und saubere Kleider.«

»Laß dir Zeit, Herr.« Sabotkin schob die große hölzerne Wanne zum Fenster, stemmte sie mit seinen gewaltigen Armen hoch und schüttete das Wasser einfach hinaus ins Freie.

»Der Leibgardist des Zarewitsch ist mein Freund geworden«, antwortete Sabotkin. »Die erste Kammerfrau der Zarin werde ich zu meiner Geliebten machen. Der zweite Türsteher des Zaren stammt aus meiner Heimat. Herrchen, wir werden alles wissen, was im Kreml geschieht. Auch die dicksten Mauern werden Löcher für uns haben ...«

XII

Sabotkin war ein guter, wachsamer Mann. Und doch gab es jemanden, den auch Sabotkin nicht gesehen hatte und der gerade jetzt durch den abgeteilten Garten des Zarewitsch schlich, von Busch zu Busch, von Baum zu Baum und sich Xenia näherte, die ahnungslos im Gras lag und ihren zarten, nackten Leib der Sonne schenkte.

Jeder in Moskau kannte den Fürsten Semjon Iwanowitsch Pritschew. Bei dem Zaren stand er in hoher Gunst, jagte mit ihm in den Wäldern und hatte ihm damals – nach dem Tode der ersten Zarin Anastasia – die schönsten Mädchen aus Moskau und Weißrußland beschafft, bis Iwan seiner großen Liebe und seinem größten Unglück, Marja Temrjuka, begegnete.

Danach hatte Iwan seinen Freund aus seiner Nähe verbannt, weil Marja es wollte, aber er hatte ihn nicht vergessen. Er hatte Pritschew ein großes, reiches Gut mit zweitausend Leibeigenen geschenkt und ihn zum Ritter der Heiligen Jungfrau ernannt. Bei Staatsempfängen durfte Pritschew hinter Iwans Thron stehen und eine Lanze tragen. Und bei öffentlichen Hinrichtungen von Verrätern hatte der Fürst die Ehre, den ersten Kopf abzuschlagen oder einen Leib zu durchbohren.

Es war vor zwei Tagen gewesen, als Semjon Iwanowitsch Pritschew zufällig bei einem Besuch in den Räumen des Zarewitsch aus dem Fenster geblickt und die nackte Xenia in der Sonne liegen gesehen hatte. Der Mann neben ihr interessierte Pritschew nicht. Ihn hatten noch nie Männer gekümmert, die zu schönen Frauen gehörten. Entweder sie machten die Augen zu, oder sie wurden ihnen für immer geschlossen. Es war ein einfaches Verfahren, in das Pritschew niemand hineinredete. Ein Freund des Zaren ... das war, als sitze man in den Falten von Gottes Mantel.

Der Zarewitsch war nicht im Zimmer gewesen, als Pritschew das herrliche Mädchen in der Sonne bemerkt hatte. Er hatte auch nichts gesagt, als Iwan, der Thronfolger, erschienen war. Aber am nächsten Tag hatte Pritschew das heimliche Sonnenbad hinter einem Busch beobachtet. Und hier hatte ihn der wachsame Sabotkin nicht sehen können, als er am Fenster des kronprinzlichen Schreibzimmers stand, in das ihn sein neuer Freund, der Leibgardist, hineingelassen hatte.

Fürst Pritschew hatte mit den Zähnen geknirscht, als er Trottau und Xenia in zärtlicher Umarmung beobachtet hatte. Der Drang, diesen schönsten Leib, den er je gesehen hatte, zu besitzen, war so mächtig in Pritschew geworden, daß er beschlossen hatte, diesen Mann, wer auch immer es war, zu vernichten.

An diesem Morgen hatte Pritschew Glück. Das Mädchen war allein. Es lag wie immer nackt im Gras und badete im goldenen Sonnenlicht. Semjon Iwanowitsch Pritschew hatte es geschafft, lautlos bis hinter den Baum zu kommen. Nur zwei Meter trennten ihn von Xenia, und das Blut begann in seinen Schläfen zu rauschen.

Wie ein Raubtier, mit einem Satz, sprang er Xenia an, stürzte sich auf sie, drückte beide Hände auf ihren Mund und erstickte so ihren Aufschrei.

Es war der Augenblick, in dem Trottau hinter dem Busch die Falltür aufstieß und aus der Unterwelt der geheimen Gänge auftauchte. Gleichzeitig sprang Sabotkin, knurrend wie ein Wolf, aus dem Fenster des Zarewitsch, hinter dem er Wache gehalten hatte.

Verzweifelt kämpfte Xenia gegen den Körper über sich. Sie trat um sich und biß in die Hand, die ihren Mund zupreßte, und es gelang ihr, sich auf den Bauch zu wälzen und zu schreien. Ein schwacher, sofort erstickter Schrei war es, denn

Pritschew drückte ihr Gesicht in das hohe Gras und begann, sie mit beiden Händen zu würgen.

»Mein blondes Schwänchen«, keuchte er. »Du willst einem Pritschew widerstehen? Kein Mädchen in Rußland, das mir gefiel, hat das gewagt! Gib es auf, oder ich drücke dir die Kehle zu, bis du um Gnade winselst. Wer so schön ist wie du, gehört auf jeden Fall einem Pritschew!«

Sein wildes Keuchen und die unterdrückten Schreie Xenias übertönten das Geräusch, mit dem Trottau durch das Gebüsch brach. Er schnellte sich ab, die Arme vorgestreckt, und prallte mit voller Wucht gegen Pritschew, der sofort Xenia losließ und sich herumwarf. Gelenkig wie eine Katze rollte sich Pritschew zur Seite, sprang auf und stand schon auf den Beinen, als Trottau sich gerade auf den Knien aufrichtete. Breitbeinig, den Kopf zwischen die Schultern gezogen, starrte der Bojar seinen Gegner an. Er riß den kurzen, etwas gebogenen, mit einem goldenen Griff und Diamanten verzierten Dolch aus dem Gürtel und verzog den Mund zu einem bösen Lächeln.

»Der Liebhaber«, sagte er hastig atmend. »Auch wenn du angezogen bist, erkenne ich dich wieder. Sieh an, sieh an, er trägt einen schwarzen Rock wie ein Scholar. Bist wohl ein Gelehrter, was? Ein Schreiberling vielleicht? Ein Staubfresser? Darf die Schuhspitzen des erhabenen Zaren lecken und ernährt sich von Wanzen! Aus dem Weg, Kulake!«

Trottau erhob sich. Hinter ihm blieb Xenia liegen, halb ohnmächtig, mit dicken, roten Würgemalen am Hals. Sie weinte in das Gras hinein, preßte die Hände gegen die Ohren und zitterte vor Angst.

»Weißt du nicht, wer ich bin?« schrie Fürst Pritschew.

»Das interessiert mich nicht! Du wolltest Xenia etwas antun ... Das ist genug, um vernichtet zu werden.«

»Hör sich einer dieses Großmaul an!« Pritschew umklammerte den Dolch fester. »Es gibt in Moskau drei Freunde des Zaren — der erste bin ich!« Und damit sprang er mit einem Satz auf Trottau zu, aber dieser ließ sich nicht überraschen. Er wich aus, und so ging der tödliche Stoß ins Leere.

Der Bojar wirbelte herum, seine Augen glühten vor Wut

und Haß. Trottau war unbewaffnet. Wenn er zu Xenia in den Garten ging, nahm er nie seinen Degen mit. Wozu auch? In der Stunde der Liebe braucht man ein Herz, kein Schwert. Der Garten stand überdies unter dem Schutz des Zarewitsch. Niemand hatte einen Schlüssel zu dem kleinen Tor in der Mauer, und es schien, als ob das verrostete Schloß seit Jahrzehnten nicht benutzt worden war. Wie dieser Bojar in den Garten gekommen war, konnte sich Trottau nicht erklären. Aber er war da, und das genügte. Trottau wußte, daß nur einer von ihnen den Garten lebend verlassen konnte. Es gab keinen anderen Ausweg. Xenias Leben und das der ganzen Familie Blattjew wurde durch den Ausgang dieses Kampfes entschieden.

Pritschew duckte sich wieder. Der Zarewitsch war auf der Jagd, zusammen mit dem Zaren und der Zarin. Fast alle Bojaren hatten sich angeschlossen. Ein großes Gefolge ritt jetzt durch die Wälder und suchte Bären, Luchse und Biber. Fünfzig Treiber rannten voraus, mit Holztrommeln, Trompeten und Glocken und scheuchten das Wild dem Zaren entgegen.

Das alles wußte Pritschew, und er war sich seines Sieges sicher. »Schreiberlein, bete!« rief er. »Es ist zu Ende mit dir.«

Er schnellte wieder vor, und noch einmal gelang es Trottau, im letzten Augenblick auszuweichen und dem Dolchstoß zu entgehen. Der Bojar knirschte vor Wut mit den Zähnen, aber als er mit hocherhobener Klinge auf Trottau eindrang, traf ihn ein Stein in den Rücken. Pritschew fuhr herum. Hinter ihm stand, ein breites Lächeln im bärtigen Gesicht, Afanasi Likanowitsch Sabotkin, Trottaus Diener. Er winkte Trottau zu.

»Beschmutz dir nicht die Finger an diesem stinkenden Hund, Herrchen«, sagte er mit seiner tiefen Stimme. »Überlaß ihn deinem Sklaven.«

»Auf die Knie!« schrie Pritschew. »Auf die Knie, du Wanze! Ich bin der Bojar Pritschew! Zitterst du jetzt?«

»Mich jagt ein Schüttelfrost!« Langsam kam Sabotkin näher. Der vorgestreckte Dolch Pritschews schreckte ihn nicht. »Der Zar wird gleich einen Freund weniger haben. Armer Zar — er ist sowieso schon ein einsamer Mensch. Nun wird er noch einsamer werden!«

»Geh weg, Afanasi«, befahl Trottau. »Das ist nicht deine Arbeit.«

Xenia umklammerte seine Beine. In ihren großen, blauen Augen stand alles Entsetzen dieser Welt. »Andrej«, stammelte sie, »laß uns zusammen sterben ...«

»Zurück!« brüllte Pritschew Afanasi an. Angst lag jetzt in seiner Stimme. Er stach zu, aber Sabotkin wich nicht aus. Nur seine Hand beschrieb einen Halbkreis, sauste von oben auf das Handgelenk des Fürsten. Es knirschte, Pritschew stieß einen dumpfen Schrei aus und ließ den Dolch fallen.

»Welch dünne Knöchelchen!« sagte Sabotkin erstaunt. »Ein Hühnchen ist stärker als du. Man muß sich wundern.«

Pritschew wich zurück. Er war jetzt waffenlos. »Du wirst gehenkt werden!«

»Das glaube ich nicht ...« der Riese kam näher.

»Gevierteilt, geköpft, auf den Boden gespießt!« Pritschew sah sich um, aber da war nirgendwo eine Möglichkeit zur Flucht. Rundherum Mauern, darin nur ein paar Fenster — die Zimmer des Zarewitsch, der zur Jagd war. Aber ein Fenster war offen, und dahinter stand der Leibgardist des Zarewitsch, Sabotkins neuer Freund.

»Ruf die Wache, Gardist!« brüllte Pritschew in höchster Not. »Du kennst mich doch!«

Der Leibgardist beugte sich aus dem Fenster. »Siebenmal soll er dich umbringen, mein Freund Afanasi! Siebenmal, daß von dir nichts übrigbleibt! Kennst du Warwara, die Magd bei Iwan Prokowjewitsch Tschitin? Sie war mein Geschwisterkind. Du hast mit ihr geschlafen und hast sie dann im Wald aufhängen lassen. Afanasi — töte ihn siebenmal!«

»Keine Sorge, Brüderchen!« Afanasi schlug die riesigen Hände gegeneinander. »Wenn ich ihn loslasse, wird man ihn nicht mehr erkennen.«

»Wache!« brüllte Pritschew, »Wache!« Er rannte davon,

aber da war nicht viel zu rennen. Es ging immer nur im Kreis herum, an der Mauer entlang, durch die Büsche, um die Bäume. Sabotkin folgte ihm langsam, mit einem Grinsen, das wie festgefroren schien.

Trottau kniete neben Xenia. Er hatte sie an sich gedrückt und verbarg ihr Gesicht an seiner Brust. »Sieh nicht hin«, sagte er leise. »Hör nicht hin – und vergiß alles, was an diesem Tag geschieht ...«

An einem Baum standen sich der Bojar und der Leibeigene nun gegenüber. Es gab kein Entkommen mehr, Pritschew wußte es. Der Schweiß lief über sein verzerrtes Gesicht und brannte ihm in den Augen. Und plötzlich geschah etwas, was bisher undenkbar gewesen, was noch nie geschehen war: Fürst Pritschew kniete in seiner Todesangst vor einem Leibeigenen nieder und hob beide Hände.

»Tausend Goldrubel ...« stammelte er.

»Bete, Fürst«, erwiderte Sabotkin dumpf, »das ist mehr wert.«

»Dreitausend Goldrubel ...«

»Himmlischer Vater, erbarme Dich des armen Sünders ...« fing Sabotkin an. Wie ein Pope sang er ein Gebet.

»Ich will den Zaren bitten, die Leibeigenschaft von dir zu nehmen. Ein Herr wirst du werden, ein freier Mensch!« heulte Pritschew. Die Augen quollen ihm vor Angst fast aus den Höhlen. Sabotkin riß ihn am Kragen hoch und stellte ihn auf die zitternden Beine.

»Er hat eine Seele, o Herr«, sang er weiter. »Auch schlechte Menschen sind Menschen, Gott im Himmel. Erbarme Dich seiner ...«

Der Bojar brüllte auf, seine Stimme überschlug sich. Trottau drückte Xenias Gesicht ganz fest an sich und legte beide Hände auf ihre Ohren. Er selbst senkte den Kopf und schloß die Augen. ›Laß ihn leben!‹ wollte er schreien. Aber das war unmöglich, denn damit hätte er Xenia, die Blattjews, Sabotkin, den Leibgardisten und sich selbst getötet.

Sabotkin packte den Bojaren an seinen kostbaren, bestickten Kleidern, hob ihn hoch und trug ihn so zu der Gartenmauer. Dann bog sich Afanasi in den Hüften zurück und schleuderte Pritschew gegen die Wand.

Es war ein schneller Tod, aber bevor er eintrat, war Pritschew schon hundertmal vor Angst gestorben.

Was von ihm übriggeblieben war, sammelte Sabotkin auf und trug es hinunter zu Blattjew. Trottau lief mit Xenia voraus, und schon von weitem, bevor sie die Wohnung erreicht hatten, rief Xenia: »Väterchen! Mütterchen! Sie haben mir das Leben gerettet! Er fiel über mich her wie ein Wolf, als ich in der Sonne lag . . .«

Blattjew umarmte Trottau, küßte Sabotkin auf die Stirn und spuckte den Leichnam an.

»Wer war es?« fragte Massja.

»Fürst Pritschew.«

»Oh, dieses Unglück! Der Freund des Zaren!«

»Es ist eure Aufgabe, ihn für immer verschwinden zu lassen«, sagte Sabotkin. »Er darf nie mehr gefunden werden. Wir haben es für Xenia getan.«

Blattjew nickte. Er nahm Sabotkin den Toten ab und trug ihn weg. Trottau kannte den Weg, den Blattjew ging, und wandte sich schaudernd ab.

Die Bären . . .

Sie würden von Pritschew wenig übrig lassen, und die paar Knochen würde Blattjew wegräumen, wie er die meisten Knochen all derer weggeräumt hatte, die vor den Augen des Zaren hier unten zerfleischt worden waren.

XIII

Zwei Tage und zwei Nächte blieb der Zar mit seinem Gefolge in den Wäldern. Er schlief in den hölzernen aber pompösen, mit Schnitzereien und bunten Malereien geschmückten Landhäusern und Jagdschlössern von zwei Bojaren. Am zweiten Tag aß er zu Mittag bei einem Sohn der reichsten Familie von Rußland — dem Kaufherren Stroganoff. Der Zar erhielt als

Geschenk einen knöchellangen Ottermantel der seltensten Farbe — dunkelbraun, fast schwarz, und glänzend wie Seide. Iwan lobte die Stroganoffs, erhielt von ihnen die Zusage, für den Krieg gegen seinen Erzfeind, den König Sigismund August von Polen, dreißigtausend Rubel Kredit zu bekommen, und riß dann in dem prunkvollen Schlafzimmer von Boris Stroganoff Marja in die Arme.

Er fühlte sich stark, der Zar. Er hatte tatsächlich einen Bären mit der Lanze erlegt, einen Riesen von einem Bär, dem Iwan die stählerne Spitze genau ins Herz gestoßen hatte, als sich das Untier aufrichtete und sich auf den Zaren stürzen wollte.

Marja, von einem Ring waffenstarrender Strelitzen umgeben, hatte in die Hände geklatscht und Iwan den mutigsten Mann unter der Sonne genannt. Jetzt machte sie ihn doppelt glücklich, indem sie in seinen Armen meisterhaft die Unterlegene spielte.

»Du tötest mich, Iwanuschka!« stammelte sie atemlos. »Ich bin wie zerbrochen ... O du Herrlichster aller Menschen ... du könntest einen Wüstensturm besiegen.«

Doch während sie das sagte, dachte die Zarin an den deutschen Arzt. In der vergangenen Stunde hatte sie alles mit geschlosenen Augen ertragen. Alle Küsse, alle Umarmungen, alle lodernden Feuer in ihrem Körper galten nur ihm, dem blonden Bären. Und es war nicht Iwan, der Marja besiegte, sondern Andrej Danielowitsch Trotkin, wie sie Trottau nannte. Er war es, der sie in ihrer Phantasie umschlungen hielt und der alle Glückseligkeit in ihr entfachte.

Nur mit diesem Selbstbetrug ließ sich Iwan ertragen. Als Marja die Augen wieder öffnete und den Zaren ansah, diesen vogelähnlichen Kopf mit der Hakennase, dem spitzen Bart und den funkelnden, grausamen, im Wahnsinn schwimmenden Augen, wußte sie, daß sie in ihrem Leben nur einen Mann geliebt hatte und lieben würde: den schönen, stolzen Arzt, der wie eine zweite Sonne an ihrem Himmel erschienen war.

Das Glück hatte den Zaren verwandelt. Er belohnte Boris

Stroganoff mit einem Geschenk. Er vermachte ihm riesige Ländereien jenseits des Urals, die nur einen Nachteil hatten: Sie mußten noch erobert und erforscht werden. Man mußte von der Unendlichkeit hinter der Felsenbarriere, von dem unermeßlichen Reichtum in den Wäldern und Sümpfen. Einzelne Reiter oder umherziehende Mönche erzählten Wunder von diesem Land. Aber es war noch jungfräulicher Boden, und drei Forschergruppen, die Iwan ausgesandt hatte, waren nie wiedergekommen. Sibirien hatte sie verschlungen ...

Ein fröhlicher Zar kehrte an der Seite Marjas nach Moskau zurück. Selbst die Meldungen aus Livland und Polen, aus Deutschland und Ungarn konnten ihn nicht verärgern. »Wir werden sie alle niederschlagen!« rief er seinen verantwortlichen Ministern zu. »Man soll schon die Särge zimmern. Einen für den König von Polen, einen für den deutschen Kaiser, einen für den König von Ungarn und einen für den Anführer der livländischen Ritter! Ich will die Särge auf meinen Feldzügen mitnehmen und nicht eher ruhen, bis alle, für die sie bestimmt sind, darin liegen! Morgen will ich die Särge sehen. Auf der Roten Treppe sollen sie stehen!«

Die Rote Treppe zur Granowitaja Palata war die Freitreppe des Zarenpalastes. Iwan schritt sie immer hinunter, wenn er zu einer der Kirchen hinüberging, um die Messe, den Chor der Mönche zu hören und sich von dem Metropoliten segnen zu lassen. Am Fuß dieser Roten Treppe müßte ein Meer von Blut liegen, wenn man es nicht immer weggewischt hätte.

Der Hofmarschall übernahm es, für die vier Särge zu sorgen. Die Minister verschwanden so schnell wie Schatten in der Sonne. Sie waren froh, einen so gnädigen Zaren gefunden zu haben, und nutzen seine Stimmung aus, sich eiligst aus seinem Blick zu entfernen. Man kannte Iwan zu gut ...

»Ich bin müde«, sagte Marja in ihrem Zimmer. »Der lange Ritt, deine Leidenschaft — ich fühle meinen Körper nicht mehr. Und ein Schmerz ist in meinem Kopf, tief drinnen ... Sieh nur, Iwanuschka, die Augen tränen mir.«

Es gelang ihr wirklich, Tränen herauszupressen. Der Zar

betrachtete sie, wischte die Tränen mit dem Handrücken weg und trug Marja wie ein Kind zu Bett.

»Ruf den Arzt«, bat sie.

Iwan blieb stehen. Das alte Mißtrauen quoll wieder in ihm hoch. Was ist das? dachte er. Kaum sind wir wieder in Moskau, jammert sie nach diesem blonden deutschen Kerl! Ihr Kopf schmerzt? Es gibt ein gutes Mittel, das dagegen hilft, und man braucht keinen Arzt dazu: Man schlägt den Kopf einfach ab. Aber sie hat einen schönen Kopf — und was ist der wundervollste Körper ohne ihn?

Er beugte sich über Marja, riß ihr das Kleid über der Brust auf, zerrte es herunter, und als die Zarin nackt vor ihm lag, rannte Iwan zur Tür und schrie in den Vorraum hinaus:

»Der Arzt soll kommen!«

Er sah sich um. Marja lag regungslos auf dem Bett, beide Hände um den Kopf gelegt, als könne sie die Schmerzen kaum noch ertragen.

»Der Arzt, der Henker und der Leichensalber sind die einzigen Menschen auf der Welt, die außer dem Zaren die Zarin nackt sehen können«, sagte Iwan langsam. »Drei Männer, die noch nie alt geworden sind. Wie alt ist Trottau?«

»Ich weiß es nicht, Iwan!« Marja krümmte sich. Sie spielte die Schmerzen gut, aber in Wahrheit verging sie in Leidenschaft nach Trottaus Händen. Schon sein Anblick genügte ihr jetzt, um glücklich zu sein. »Was interessiert er mich? Er ist ein Wesen — weiter nichts.«

Trottau betrat das Schlafzimmer der Zarin mit einer tiefen Verbeugung. Mit einem Blick übersah er die Lage. Der Zar stand zwischen ihm und Marja — ein Bollwerk aus Macht und Mißtrauen. Iwan trug einen goldbestickten Kaftan, den ein mit Edelsteinen besetzter Gürtel zusammenhielt. Daran hing an zwei goldenen Ketten ein gebogener Dolch in einer mit Diamanten besetzten goldgehämmerten Scheide. Auf dem Kopf trug der Zar seine spitze Mütze, deren Rand ein Diadem aus bunten Steinen und mattglänzenden Perlen einrahmte. Er hielt den Possoch in der Hand, der zum Zeichen seiner unumschränkten Macht geworden war. Die lange, stählerne Spitze des Hirtenstabs schabte über den dicken Teppich.

Auf dem Bett hob Marja vorsichtig den Kopf. Iwan konnte es nicht sehen, denn er blickte Trottau an. Und er bemerkte auch nicht, wie Marja dem Arzt zulächelte und die Lippen spitzte, als küsse sie ihn.

»Gott segne den erhabenen Herrscher und die erhabene Zarin«, sagte Trottau. »Ich habe den Bären gesehen, den der Herrscher gestochen hat. Es gibt keinen zweiten solchen Bären.«

Iwan war verwirrt. Diese Sätze entwaffneten ihn. »Die Zarin ist krank«, entgegnete er deshalb knapp. »Der Kopf ... Mach sie gesund. Und erkläre mir, was es für eine Krankheit ist.«

Trottau verneigte sich erneut. Während der Zar in der Mitte des Zimmers stehenblieb, stieg er die drei Stufen zum Bett empor, und beugte sich tief über Marja. Ihre Augen leuchteten. »Ich liebe dich ...« flüsterte sie leise.

Der Zar konnte es nicht hören. Er ging vor dem Bett unruhig auf und ab. »Was fehlt ihr, Arzt?« rief er, nachdem Trottau eine Weile Marjas Kopf hin- und hergedreht, beklopft und gedrückt hatte und ihm der Angstschweiß ausbrach, daß der Zar die zärtlichen Namen hören könnte, die sie ihm unentwegt zuflüsterte.

»Das lange Reiten«, antwortete Trottau. »Die Zarin ist es nicht gewöhnt. Die Nerven im Kopf sind zu sehr erschüttert worden.«

»Was kann man dagegen tun?«

»Ich werde der erhabenen Zarin ein Pulver geben, das sie beruhigt und ihr einen tiefen Schlaf gibt. Aber das ist keine Heilung von Dauer.«

»Und was ist von Dauer, Deutscher?«

»Ein Rat, Herr. Die erhabene Zarin sollte Euch öfter begleiten — auf der Jagd, auf die Güter, zu den Besichtigungen der Truppen, überall. Das Ertragen von Anstrengungen ist nur Gewohnheit. Laßt die Zarin teilhaben an Eurem Leben außerhalb dieser Zimmer, und Ihr werdet sehen, wie gesund sie wird.«

Iwan blickte Trottau verwundert an. »Eine gute Antwort«, sagte er gedehnt. »Ich werde darüber nachdenken.« Er winkte mit dem Possoch. »Gebt der Zarin jetzt das Pulver und geht.«

Er ist nicht ihr Liebhaber, dachte Iwan zufrieden. Welcher Liebhaber schickt seine Geliebte weg? Er würde Lügen erfinden, um sie immer in seiner Nähe zu behalten. Aber Trottau rät mir, Marja mitzunehmen ...

Trottau stand an einem Tisch, mischte ein Pulver und schüttete es in einen Becher mit süßem Wein. Der Zar straffte sich. Er ging zu Trottau, umarmte ihn und küßte ihn auf die linke Wange.

»Wenn ich deine rechte Wange küsse, wirst du ein Fürst sein«, erklärte er. »Oder ich schlage dir den Kopf ab. Es liegt an dir, wie dein Leben wird.« Er ging hinaus und ließ Marja und Trottau allein.

Die Zarin wartete, bis Iwan fort war, dann fuhr sie vom Bett hoch und schlug Trottau den Becher aus der Hand, den er ihr gerade hinhielt. »Du kriecherischer Hund!« fauchte sie.

»Wir müssen Geduld haben, Marja. Der Zar ist voller Mißtrauen.«

»Dann laß uns ihn umbringen! Du weißt nicht, was ich in diesen zwei Tagen und Nächten gelitten habe.«

»Ich weiß es wohl.« Er strich mit den Fingerspitzen über ihre Haut, und sie erschauerte unter seinen Händen.

Sie warf sich zurück auf das Bett. »Ist das nicht genug?« fragte sie wild. »Reicht das nicht, um ihn zu töten? Du hast Pulver genug – und er liebt gewürzten Wein. Er wird es nicht merken.«

»Mord ist keine Lösung ...«

Draußen hörte man das Stampfen der strammstehenden Wachen. »Der Zar!« sagte Trottau. Marja deckte sich rasch zu. Sie spielte die Schlafende, und Trottau hob den Becher auf, stellte ihn auf den Tisch zurück und beschäftigte sich mit seiner Arzttasche.

Der Zar stürzte ins Zimmer. »Was macht sie?«

»Die erhabene Zarin schläft tief. Morgen wird sie gesund sein.«

Iwan blickte zu Marja hin. Sie atmete ruhig. Der Zar stieß seinen Possoch in den Boden. »Fürst Pritschew ist verschwunden«, sagte er heiser. »Seit zwei Tagen hat ihn keiner mehr gesehen.« Er wartete auf eine Äußerung Trottaus, aber der zog nur die Schnallen seiner Tasche fest. »Du kennst Fürst Pritschew nicht?«

»Nein, großer Herrscher.«

»Er ist mein bester Freund. Und nun verschwindet er einfach! Ich habe Reiter zu seinen Häusern und Gütern gesandt. Mein bester Freund ...« Der Zar sank in einen Sessel und riß die Mütze vom Kopf. »Ist denn überall Verrat? Nur Verrat? Liebt mich keiner auf dieser Welt? Trottau — warum haßt man mich? Ich will doch nur Rußlands Größe! Ich will aus Rußland das herrlichste Land der Welt machen. Aber keiner versteht das. Und so müssen sie bluten, um es zu verstehen ... Trottau, mein bester Freund hat mich verlassen. Jetzt brauche ich dich! Du bist auch mein Arzt! Gib mir ein Mittel gegen Verrat!«

Es war ein Augenblick, in dem Trottau Mitleid mit dem Zaren empfand und in dem er bereit war, vor sich selbst auszuspucken.

XIV

Eine Woche suchte man in Moskau, in den Wäldern, im ganzen Land nach dem Bojaren Pritschew.

Iwan setzte eine Belohnung von 1000 Rubeln aus; er befahl für den Kreml allgemeine Trauer. Er trug schwarze Gewänder und ließ sich von seinen Mönchen Totenchöre vorsingen. Zusammengesunken hockte er in seinem Sessel und hatte die Augen geschlossen. Nur einmal hatte man den Zaren in solcher Trauer gesehen — beim plötzlichen Tod seiner ersten Frau Anastasia. Damals war er drei Tage und Nächte nicht von ihrer aufgebahrten Leiche gewichen, hatte neben ihr geschlafen, und nur dem Metropoliten von Moskau war es gelungen, Iwan von seiner Gemahlin wegzureißen, um die Tote endlich zu begraben.

Die Trauer des Zaren um Pritschew war echt. Selbst Marja gelang es nicht, ihn aufzuheitern. Der Zauber ihres herrlichen Körpers versagte plötzlich. Das war eine Erkenntnis, die sie erschreckte. Wenn eine Frau den Zaren nicht mehr reizen konnte, bedeutete das unweigerlich das Ende. Marja Temrjuka war aber nicht gewillt, ihren Platz einer anderen abzutreten. Die Macht, die sie mit ihrem Leib erobert hatte, war ihr wichtiger als alles andere. Macht — das war ein Gefühl von unbeschreiblicher Größe. Es war Lügen und Grausamkeit, Mitleidlosigkeit und Blut wert . . .

»Er ist verschwunden«, sagte nach fünf Tagen Massja Fillipowna zu Trottau, unten in Blattjews unterirdischer Wohnung. »Igor hat heute die letzten Knochen weggeräumt.«

Blattjew nickte. Er grunzte und lallte, und es war deutlich, daß er Trottau erzählte, wie gründlich die Bären den Fürsten Pritschew beseitigt hatten.

Trottaus Gesicht blieb unbewegt. Um Xenias willen hatte er sich daran gewöhnt, nicht mehr entsetzt zu sein. Blattjew konnte nicht anders. Seine Tochter, seine Frau und seine Bären — das war alles, was man ihm von der Welt gelassen hatte. Xenia betete er an, Massja war ihm eine gute, treue, fleißige Frau, und seine Bären liebte er, denn für sie hatte er seine Zunge verloren, die Luft, die Sonne, den blauen Himmel, Blüten und Schnee.

Nach Pritschews Tod hatte Trottau seine Sonnenkuren mit Xenia vorerst eingestellt. Auch innerhalb des Kremls suchte man natürlich den Verschwundenen. Man kämmte alle Gärten und jeden Winkel durch, kam auch in den Garten des Zarewitsch. Aber hier hatte Sabotkin alle Spuren des Kampfes verwischt. Man fand nichts, und der Zarewitsch beschwerte sich bei seinem Vater, daß man ihn verdächtige, den Bojaren Pritschew verborgen zu halten.

Iwan hörte seinen ältesten Sohn an, stumm, mit gesenktem Blick und verkniffenem Mund. Dann drehte er seinen Possoch herum und schlug wortlos auf den Zarewitsch ein. Der Griff sauste auf dessen Schultern und Rücken. Und als der Zarewitsch sich nicht rührte, sondern nur ruhig sagte: »Erschlag mich, Väterchen. Ich habe mehr Sehnsucht nach meiner Mutter, als bei dir zu leben«, brach Iwan zusammen und weinte.

Als er einmal für zwei Stunden ausritt, um den Verhören der Leibeigenen auf Pritschews Landgut beizuwohnen, verlangte die Zarin nach einem Schmerzpulver. Als Trottau zu ihr kam, zog sie ihn auf ihr Bett und küßte ihn mit wilder Leidenschaft.

Dann kam der Zar zurück, erschöpft, niedergeschlagen, staubüberkrustet und von Bildern des Wahnsinns geplagt.

»Trottau«, sagte er müde, »du deutscher Hund, ich beneide dich. Du bist Arzt, du heilst die Menschen. Ich muß sie vernichten. Du kannst deiner Wissenschaft leben — ich muß eine Krone tragen, die mich in die Erde drückt. Wie geht es der Zarin?«

»Sie wartet auf Euch, Herr.«

»Kann ich so zu ihr gehen, Arzt?« Iwan richtete sich auf. Sein Vogelgesicht war zusammengefallen, die Augen verschwanden fast in den tiefen Höhlen. »Auch diese Frau bringt mich um, Trottau. Langsam, ganz langsam, mit einer mörderischen Süße bringt sie mich um. Gibt es ein Mittel, eine Frau wie Marja zu besiegen? Immer wieder zu besiegen? Ich hänge dich auf, Trottau, wenn du keines weißt!«

»Es gibt nur ein Mittel, erhabener Zar«, erwiderte Trottau nachdenklich. »Ruhe ...«

Der Zar starrte ihn an. »Trottau, du bist ein Idiot. Ruhe! Wo findet ein Zar Ruhe, außer im Grab!«

»Ihr habt Landgüter, Herr, Schlösser, Burgen — im ganzen Land. Bisher habt Ihr an Rußland gedacht. Denkt für eine kurze Zeit einmal nur an Euch.«

»Ich bin Rußland«, entgegnete der Zar dunkel.

»Ein müdes, staubbedecktes, kraftloses Rußland ...«

»Ich bin von Verrätern umgeben!« schrie Iwan und sprang vom Bett auf. Seine harten, kalten Augen glitzerten. »Schon als Kind wollten mich die Bojaren ermorden. Und jetzt treffen sie mich anders. Sie säen Mißtrauen gegen die Zarin in mein Herz, sie morden meine besten Freunde, sie wollen mich aushöhlen, Trottau, meine Seele aushungern ... Und da soll ich fort aus Moskau? Es sähe wie eine Flucht aus!«

»Nein, Herr. Es würde Rußland aufrütteln.« Trottaus Gedanke — aus der Not geboren — wurde plötzlich zu einer Möglichkeit, das Leben Iwans zu ändern. »Verlaßt Moskau mit einem Fluch gegen die Bojaren, und das Volk wird vor Euch auf den Knien liegen und Euch anbeten.«

Iwan sah seinen Arzt lange und durchdringend an. »Du bist ein Satan, Trottau«, sagte er leise. »Ich werde mir deinen Rat überlegen.«

Er nahm eine silberne Glocke, warf sie gegen die Wand, und sechs Höflinge stürzten ins Zimmer. »Mein Bad!« schrie der Zar. »Neue Kleider! Den Barbier! Schnell!« Er winkte Trottau, der sich nach einer Verneigung entfernen wollte. »Nein, du bleibst, Trottau! Ich brauche einen Menschen, dem ich vertraue.«

Und wieder kam sich Trottau elend vor. In seinen Poren lag noch der süße Rosenduft von Marjas heißer, zitternder Haut.

Trottau blieb bei dem Zaren, als dieser in einer silbernen Sitzbadewanne hockte und sich von einem Leiblakaien einseifen und abspülen ließ. Der Barbier stutzte Bart und Haare des Zaren, und danach begann Trottau, ihm den Rücken und die Brust zu massieren. Zuletzt massierte er vorsichtig, mit kreisenden Bewegungen die Kopfhaut des Zaren.

Iwan saß zurückgelehnt im heißen Wasser, die Augen geschlossen, das Gesicht entspannt. Er erlebte zum erstenmal eine Kopfmassage, und ein Wonnegefühl durchrann ihn bis zu den Zehen. »In deinen Händen ruht ein Zauber«, sagte er. »Mach weiter, Trottau.«

»Es ist genug, Herr.« Trottau trat von der silbernen Wanne zurück. »Bis jetzt war es eine Medizin. Mache ich weiter, wird es zur Qual.«

Iwan erhob sich aus dem heißen Wasser. Der Leiblakai stürzte heran, hüllte den Zaren in vorgewärmte, dicke, wollene Tücher und trocknete ihn ab.

»Trottau«, sagte der Zar dunkel, als sie wieder allein waren. »Wenn ich gleich aus diesem Zimmer trete, komme ich unter Ratten. Draußen warten sie – die Bojaren. Tausend Bitten, tausend Klagen, tausend Lügen ... Rußland hat Anastasia umgebracht, meinen Vater, meinen Großvater, meine Geschwister ... Aber ich werde nicht in die Knie gehen. Nicht vor denen da! Ich werde sie alle überleben! Alle! Ich werde Rußlands größter Zar sein. Wirst du mir dabei helfen, Trottau?«

»Ja, Herr, wenn ich es kann.«

»Es ist eine gefährliche Hilfe, Trottau. Niemand wird je davon erfahren. Du wirst in keinem Geschichtsbuch stehen, kein Historiker wird dich kennen, und du wirst in derselben Stunde sterben, in der ich sterben muß ...«

»Ich weiß, Herr.« Trottau verneigte sich. Er fror – die Erkenntnis, zu leben und doch sein Leben verloren zu haben, war ungeheuerlich. Ihm blieb als letzter Ausweg nur die Flucht. Aber wohin flüchten? Überall war Rußland, und bis er die Grenzen zu Polen oder Deutschland erreicht hatte, würden ihn die schnellen Reiter des Zaren längst eingeholt haben. Zu fliehen, bedeutete aber auch, Xenia mitzunehmen.

»Was soll ich tun?« fragte er.

»Geh zur Zarin.« Iwan lächelte breit. »Gib ihr ein Pulver, das sie schläfrig macht. In einer Stunde komme ich zu ihr ... Ich will sie erobern, ohne selbst daran zu zerbrechen. Trottau, ich habe Sehnsucht nach diesem verfluchten, wundervollen Weib ...«

Über Trottaus Plan, der Zar solle Moskau scheinbar resignierend verlassen und damit den Bojaren einen tödlichen Schlag versetzen und das Mitleid des Volkes erringen, wurde nicht mehr gesprochen.

Iwan beobachtete seine Umgebung mißtrauischer als je zuvor; die Zahl der Hinrichtungen häufte sich, und es genügte nur ein einziges Wort, das dem Zaren nicht gefiel, um den Kopf zu verlieren.

Für Trottau allerdings änderte sich nichts. Er hörte sich stundenlang die Klagen des Zaren an, behandelte Marja, die jetzt unter angeblichen Zuckungen in den Beinen litt, ertrug ihre wilde Leidenschaft, wenn Iwan zur Jagd ritt, und war der Beichtvater des stets traurigen, blassen Zarewitsch.

Gegen Mittag aber stieg Trottau immer hinab in die unterirdischen Gewölbe und holte Xenia wieder an die Sonne. Er lag mit ihr im Gras des kleinen Gartens und war in dieser Stunde der glücklichste Mensch der Welt.

»Ich habe nie gewußt, wie schön es ist, zu leben«, sagte Xenia einmal. »Ich hatte mich ganz auf das Sterben vorbereitet ...«

»Du wirst nicht sterben, Xenuschka.« Trottau hörte jeden zweiten Tag ihre Lungen ab und wartete darauf, daß sich das Rasseln in ihrer Brust verminderte, daß die Krankheit vor der Sonne und der frischen Luft kapitulierte. Nach sieben Wochen schien es, als könne Xenia kräftiger durchatmen, ohne gleich von einem Hustenanfall geschüttelt zu werden. Sie wagte tiefe Atemzüge und küßte Trottau immer wieder, wenn der furchtbare Hustenreiz nicht eintrat. »Ich atme, Andrej ... O Gott, mein Gott, ich kann richtig atmen!«

Der Zarewitsch hatte es aufgegeben, Trottau und Xenia heimlich zu beobachten. Iwan Wiskowaty, der Kanzler des russischen Reiches, hatte ihm eine erste Geliebte zugeführt. Ein dralles Mädchen aus dem Volke war es, die Tochter eines Gerbers an der Moskwa. Sie war sich der Ehre voll bewußt, den scheuen Zarewitsch in die Geheimnisse der Liebe einführen zu dürfen, und sie tat es so vollendet, daß der junge Mann zwischen Essen und Trinken, Reiten und einigen

Staatsempfängen nur noch Sinn für den hingebungsvollen, weichen, weißen Mädchenkörper hatte.

»Deine Medizin von Licht, Luft und Sonne ist der Gipfel der Dummheit!« sagte der Zarewitsch in diesen Tagen zu Trottau. »Ein Mensch wie ich lebt durch die Liebe! Warum hast du mir das nicht verraten, Arzt?«

»Ich hielt Euch für zu jung, Herr.« Trottau sah hinüber zu dem Bett des Zarewitsch. Irina Grigorjewna, wie die Geliebte des Thronfolgers hieß, lag kichernd unter der Seidendecke. Sie biß von einer dicken blauen Weintraube die Beeren ab und spuckte die Kerne auf den Boden.

»Wenn mein Vater jetzt stürbe, wäre ich nicht zu jung, ein Reich zu regieren«, erwiderte der Zarewitsch finster. »Trottau, seit drei Wochen lebe ich erst wirklich . . .«

Er redet wie Xenia, dachte Trottau. Auch ihn befreit die Liebe aus dem Bann des Kremls und des Zaren. Sie alle flüchten in eine Traumwelt und merken nicht, daß sie doch nur die Hölle mit Rosen umkränzen.

»Was kann ich für Euch tun, Herr?« fragte er.

»Nichts, Arzt. Du sollst nur wissen, daß du dein blondes, blasses Vögelchen behalten kannst. Ich gönne es dir . . . Ich brauche keinen Arzt mehr. Geh!«

Trottau verbeugte sich und verließ den Zarewitsch. Er ging hinunter in die Unterwelt, aß bei den Blattjews Maiskuchen und eingelegte, gewürzte Gurken, half Igor, die Bären zu füttern, und gewöhnte sich langsam an die brummenden, riesigen, braunschwarzen Tiere, an Blattjews Lallen und die Furcht, die ständig zu Gast war: die Furcht vor dem Zaren, daß er von der Liebe seines Leibarztes zu Xenia erfahren könnte.

»Er hat Xenia nie gesehen«, sagte Massja einmal. »Immer, wenn er herunterkommt, verstecken wir sie. Er würde Xenia mitnehmen, denn er kennt kein Erbarmen.«

»Er wird Moskau bald verlassen«, tröstete Trottau sie. »Dann gehört der Kreml euch.« Er legte den Arm um Xenia. Sie lächelte ihn an; für sie gab es keinen anderen Gedanken als ihn. »Es wird Großes in Rußland geschehen, Freunde.«

»Ich weiß, Andrej.« Xenia legte den Kopf an seine Schulter. »Ich liebe dich ...«

»Das ist nichts Großes, das ist ein Unglück«, brummte Massja. »Ich habe Angst. Wir sind nicht dazu geboren, glücklich zu sein.«

XV

Der Winter kam über Nacht. Aus dem Osten heulte der Schneesturm heran, Moskau erstickte im Schnee. Im Kreml rannten die Diener herum und heizten die Kamine. Sie stellten Becken mit Holzkohlenfeuern in die Zimmer, hängten Teppiche vor die Fenster, verklebten jede Ritze.

Dem Rat des Arztes folgend, unternahm Iwan jetzt mit Marja lange Schlittenpartien in die Wälder, jagte Elche und Rentiere, Hermeline und Nerze, Zobel und Silberfüchse. Aber auch diese Ausflüge endeten meistens so, wie es zu Iwan paßte: Er inspizierte die Güter, ließ die Großbauern auspeitschen, weil sie — wie er sofort sah — zu wenig Abgaben gezahlt hatten, und zwei Großgrundbesitzer wurden an Ort und Stelle durch Peitschenhiebe getötet.

Ruhig, manchmal mit glühenden Augen, sah Marja zu. »Gefällt es dir, Täubchen?« fragte Iwan.

Und sie antwortete: »Ja, mein Geliebter. Heißt es nicht, ein guter Zar ist ein strenger Zar? Du bist der größte, Iwanuschka ...«

Aber dieses Glück war nur von kurzer Dauer. Um Iwan herum begann seine Macht abzubröckeln. Die Polen siegten, in Litauen und Livland wollte es nicht ruhig werden, und kurz vor dem Weihnachtsfest erreichte den Zaren die Nachricht, daß sein Freund Kurbski — der Wojewode von Litauen — in Dorpat eine heimliche Vereinbarung mit Rußlands Feinden getroffen haben sollte. Es war ein Schlag, der den Zaren niederwarf wie ein Hammerschlag.

Stundenlang saß er brütend in seinem Arbeitszimmer,

schrieb einen Brief an Kurbski, zerriß ihn wieder, schrieb einen neuen und erklärte ihm darin das Selbstherrschertum des Zaren. Es war ein einmaliges Ereignis: Ein Zar wollte sich vor einem Verräter rechtfertigen.

... Bedenke dies und überlege: Der Obrigkeit widerstreben, heißt Gott widerstreben. Und wenn jemand Gott widerstrebt, so wird er ein Abtrünniger genannt, was die ärgste Sünde ist, schrieb Iwan mit zitternder Hand. *Das Land wird regiert durch Gottes Barmherzigkeit — und durch Uns, seinen Herrscher, aber nicht durch Richter und Wojewodas. Und wenn Wir Unsere Wojewodas durch mannigfache Todesarten vernichtet haben, so besitzen Wir mit Gottes Hilfe eine Menge von Wojewodas auch außer euch Verrätern. Es steht Uns aber frei, Unsere Sklaven zu belohnen, und es steht Uns frei, sie zu strafen ...*

Als der Zar das Schreiben später Trottau vorlas, weinte er dabei und sagte: »Wo hat es das gegeben, Trottau? Ein Zar siegelt sein Schreiben mit Tränen! Kurbski wird sterben — er und seine ganze Familie. Alles, was Kurbski heißt auf dieser Welt ... Aber diese Tränen, Trottau, diese Tränen sind wie die, die Christus am Kreuze weinte.«

Trottau schwieg. Er starrte den Zaren an und wußte, daß Iwans Geist sich zu verwirren begann. Ein Wahnsinniger saß auf Rußlands Thron.

Der Brief ging mit reitenden Boten nach Dorpat in Litauen. Aber mit den Boten ritt auch das Kommando, das Fürst Kurbski und seine Familie töten sollte.

Man tat es gründlich. Die Strelitzen erstachen den neunjährigen Sohn des Fürsten mit ihren Piken, die Fürstin wurde mit Säbelhieben ums Leben gebracht. Kurbski selbst fand man nicht. Im Vertrauen darauf, daß der Zar Frau und Kind schonen würde, hatte er beide in Gottes Hand gelegt und war geflohen.

In Moskau aber geschah etwas Unvorstellbares: Der Zar verließ den Kreml.

»Wenn dein Rat gut war, Trottau«, sagte er, als er mit seinem Arzt allein war, »bin ich in ein paar Wochen der mächtigste Herrscher der Welt. War er schlecht, wirst du mit mir untergehen.«

In der Stadt erfuhr man zuerst von den rätselhaften Dingen, die vor dem Zarenpalast stattfanden. Eine unübersehbare Schlittenkolonne war vorgefahren, und ein Heer von Dienern trug Gold- und Silbergeschirr, Sessel und Betten, Ikonen und Teppiche, die gesamte Rüstkammer und den ganzen Staatsschatz hinaus und verlud alles auf die Schlitten.

In voller Kriegsrüstung warteten Hofbeamte vor der Roten Treppe. Sie hatten ihre Frauen und Kinder mitgebracht, in das wärmende Stroh der Reiseschlitten verpackt, auf den Böcken hockten in groben Wolfspelzen die Kutscher. Leibeigene, Diener und Minister versammelten sich reisefertig. Die Mönche erschienen in dicken Winterkutten, voran der Metropolit, und alle waren sie aufgeregt und randvoll mit Fragen.

Der Rote Platz vor dem Kreml war schwarz von Menschen. Das Volk begriff noch nicht, was da vor seinen Augen geschah, und wenn man einen der Strelitzen fragte, erhielt man immer die gleiche Antwort: »Keiner weiß etwas. Es ist ein Befehl des Zaren.«

Gegen Mittag stand halb Moskau auf dem Roten Platz und starrte auf die riesige Schlittenkolonne. Plötzlich kam Bewegung in die wartenden Höflinge.

»In die Uspenski-Kathedrale!« schrien die Boten des Zaren. »Alles in die Kathedrale! Der Zar wird dort erscheinen!«

Eine halbe Stunde später las der Metropolit die schönste und geheimnisvollste Messe seines Lebens. Die Kirche war so voller Menschen, daß man kaum atmen konnte, der Chor der Mönche sang so herrlich wie nie zuvor. Und als der Metropolit die Gebete sprach, erhob sich der Zar. Völlig in sich versunken, ging er nach vorn, fiel vor dem Allerheiligsten in die Knie und betete mit erhobenen, gefalteten Händen.

Es war die vollendetste schauspielerische Leistung, die je ein Mensch geboten hatte. Trottau, der abseits bei den singenden Mönchen stand, kannte genau die Gedanken, die

Iwan jetzt beseelten. Keine Liebe zu Gott war es, sondern der Plan, die Bojarenmacht völlig zu vernichten.

Das Meßopfer nahm der Zar hin wie ein Märtyrer, den Segen ließ er über sich ergehen wie ein Sterbender. Aber dann sprang er plötzlich auf, schob den erstarrten Metropoliten zur Seite, blickte hinunter zu der Gruppe der in kostbare Pelze gehüllten Bojaren und rief laut in die lähmende Stille:

»Da ich nur Verräter um mich habe, da ihr alle mich haßt, gehe ich in die Wälder! Moskau und Rußland könnt ihr nun allein regieren!«

Er half Marja von der Betbank auf, faßte sie an der Hand und verließ mit ihr die Kathedrale. Draußen auf dem Roten Platz sprang er in den mit heißen Steinen geheizten Schlitten, hob die Hand und schrie: »Voran! Mir nach! Ich will Moskau nie wiedersehen!«

Wie gelähmt blickte ihm das Volk nach. Was auch geschehen war, eines begriff es sofort: Es war jetzt ohne Schutz dem Adel ausgeliefert. War der Zar auch ein strenger Herr, so hing er doch nicht nur die Gemeinen auf, sondern auch die Bojaren und Großgrundbesitzer.

Er hatte Furcht und Schrecken verbreitet, aber es hatte noch nie einen Herrscher gegeben, der das Volk streichelte, sondern immer nur einen, der es peitschte. Doch was jetzt kommen würde — die Herrschaft der Bojaren, der gegenseitige mörderische Kampf um die Macht — das würde alles übertreffen, was Rußland je erduldet hatte.

Der Metropolit sagte es laut. »Herr im Himmel!« schrie er in der Kathedrale, nachdem Iwan abgefahren war. »Bring uns unseren Zaren zurück!«

Die Bojaren standen ratlos herum, mißtrauisch und ängstlich. Meinte Iwan es ehrlich? Kam er nie wieder? Oder war alles nur ein blendender Theaterstreich gewesen?

Die Bojaren beschlossen, abzuwarten. Ein Iwan Rurik gibt nicht kampflos auf . . .

Siebzig Werst von Moskau entfernt, in riesigen Wäldern, lag das große Landgut Alexandrowskaja sloboda. Es diente dem Zaren manchmal als Sommerresidenz. Im Winter schlief es tief, unter Schneemassen begraben. Noch nie hatte ein Zar das Gut um diese Zeit besucht.

Die Schlittenkolonne raste quer über vereiste Wiesen und zugefrorene Sümpfe, über Flüsse mit dicker Eisdecke und durch Wälder, in deren Dickicht vorausreitende Strelitzen Schneisen geschlagen hatten. In den Mooren brachen die Pferde ein, die Schlitten blieben in Schneeverwehungen stecken ... Und es schneite weiter; es schneite, schneite ...

Fast zwei Tage brauchte Iwan, um den Landsitz zu erreichen. Als er eintraf, war man noch dabei, die Zugänge freizuschaufeln. Die ersten Diener, die in die Häuser eindringen konnten, heizten die Kamine, legten heiße Steine in die Betten des Zaren und der Zarin und rollten dicke Teppiche auf den kalten Böden aus.

Der Zar stieg aus seinem großen Schlitten und half Marja aus den dicken Felldecken. »Das hier wird Rußlands neues Herz sein!« sagte Iwan laut. »Von hier aus werde ich es regieren. Oh, ihr Bojaren, verkriecht euch wie Ratten in eure Löcher! Von hier aus werde ich ein neues Rußland schaffen!«

Dann blickte er sich suchend um. »Wo ist Trottau?« fragte er.

Marja sah ihn an. »In Moskau ... Er ist nicht mitgekommen.«

»Warum nicht?«

»Sollte er das? Iwanuschka, ein kleiner, dummer Arzt ...«

»Er soll kommen! Sofort!« Iwan schlug mit der Faust gegen den geschnitzten Schlitten. »Ich will Trottau sehen! Bringt mir den Arzt hierher!«

Zehn Reiter galoppierten zurück nach Moskau, und Marja, die Zarin, lächelte unmerklich, als sie an Iwans Arm die neue Residenz Alexandowskaja sloboda betrat.

Das gefährliche Spiel um Macht und Liebe hatte begonnen.

XVI

Der Kreml war verlassen. Nur die notwendigsten Palastwachen waren zurückgeblieben und die Mönche in ihrem düsteren Kloster neben den Kremlkirchen.

Trottau ging durch die menschenleeren Flure und Säle, eingehüllt in einen dicken Pelzmantel, als besichtige er den Untergang der russischen Macht. Es war bestürzend, zu sehen, wie ein einziger Mann einem Riesenreich wie Rußland ein Gesicht gab und wie alles abblätterte wie schlechte Farbe, wenn dieser eine Mann Moskau verließ.

Was würde werden, wenn Iwan einmal nicht mehr lebte? Was wurde aus Rußland ohne diese starke Hand?

Eine Hand, die nur Grausamkeit ausstreute und die dennoch, als sie sich jetzt zurückzog, überall fehlte. Würde der Zarewitsch — der so weich war wie seine Mutter Anastasia — ein guter Zar werden? Oder würde er schon nach wenigen Wochen untergehen in der Haßflut der Bojaren, in diesem vor keinem Mord zurückschreckenden Machtstreben der Fürsten?

Was Iwan IV. jetzt getan hatte, war eine Art Generalprobe für den Ernstfall, nur hatte sie einen Fehler:

Seine Gegenwart war noch spürbar. Er lebte noch, und man rechnete mit jeder Überraschung, solange er noch atmete.

Zum erstenmal besichtigte Trottau den ganzen Kreml. Er war bisher nur in bestimmte Teile gekommen, in die Zimmer der Zarenfamilie und unter die Erde zu den Blattjews.

Jetzt durchstreifte er alle Flure, blickte in Zimmer, die aussahen, als seien ihre Bewohner geflüchtet, und setzte sich in dem großen Saal, in dem Iwan sonst die Gesandten der anderen Mächte empfing, auf den Thronsessel.

Und da war es Trottau, als spüre er plötzlich eine schwere Last auf seinen Schultern.

»Welch ein Glück ist es doch, Arzt zu sein«, sagte Trottau zu dem Metropoliten, der ihm im Kreml begegnete. Auch der Metropolit ging allein durch den verlassenen Palast — vielleicht mit ähnlichen Gedanken wie Trottau —, und es schien wie eine Fügung des Schicksals, daß die beiden einsamen Männer im Betzimmer des Zaren zusammentrafen: ein Arzt und ein Priester.

Zwei Menschen, die jeden Zaren begleiteten bis zum Ende. Zwei Menschen, auf die kein Zar verzichtete, mochte er auch alles um sich herum hassen und vernichten. Ein Arzt und ein Priester — sie hätten in das Wappen Rußlands hineingehört.

Der Metropolit nickte. Sein weißer Bart fiel breit bis zum Gürtel seiner bestickten Kutte hinab. »Kommt der Zar wieder?« fragte er Trottau.

»Ich weiß es nicht.«

»Das Volk ist ratlos, die Bojaren sind verstört ... Alle Kirchen sind voll von Betenden, und die Kaufleute wollen eine Abordnung zum Zaren schicken und um seine Rückkehr bitten. Die Unsicherheit frißt uns auf. Das Reich bricht auseinander.«

Trottau hörte, wie sich der tappende Schritt von Rußlands höchstem Priester in den weiten Gängen verlor. Ein alter Mann, der die Welt nicht mehr verstand ...

Am Nachmittag besorgte sich Trottau einen Schlitten, bis zum Rand gefüllt mit warmem Stroh, und gab dem Kutscher fünf Rubel. Das war ein so fürstliches Geschenk, daß der Mann auf die Knie fiel und Trottaus Mantelsaum küßte.

Trottau befahl ihm, noch Felldecken zu besorgen und dann am Nordtor des Kremls zu warten. Danach begab er sich zu Xenia, Massja und Blattjew in ihrem unterirdischen Labyrinth und sagte: »Wann habt Ihr Moskau zum letztenmal gesehen? Ich zeige es euch.«

Massja sträubte sich mit Händen und Füßen. »Man wird uns umbringen!« schrie sie. »Wir dürfen nicht die Bären verlassen! Diese Welt da oben geht uns nichts mehr an. Nein, vielleicht kommt plötzlich der Zar und findet niemanden bei seinen Bären!«

»Der Zar ist weit. In drei Stunden sind wir zurück, Massja«, beruhigte Trottau sie.

»Drei Stunden! Jemandem die Augen ausstechen, das

dauert drei Sekunden. Und man wird sie uns ausstechen, wenn wir uns die Welt dort oben ansehen!«

Blattjew grunzte und lallte. Er rannte herum, zog seine dicken, geflochtenen Strohstiefel aus und gute, mit Fell gefütterte Lederstiefel an, hing sich einen Mantel aus Wolfspelz um die Schultern und begann, mit gespreizten Fingern seinen Bart zu kämmen.

Auch Xenia erschien in einem Fellmantel. Sie hatte die blonden Haare zu dicken Zöpfen geflochten und rund um den schmalen Kopf gewunden. Wie eine Krone sah es aus, und ihre blauen Augen strahlten im Fackelschein.

»Draußen schneit es, die Welt ist weiß und still. Er ist etwas Wunderbares, der Schnee, Mamuschka . . .«

Vor einigen Tagen hatte Xenia zum erstenmal in ihrem Leben Schnee gesehen. Trottau hatte sie in Felle gehüllt und in den Garten gebracht. Die Sonne war durch die Wolken gebrochen, und die Schneekristalle hatten bläulich geglitzert.

Am nächsten Tag, als es wieder schneite, hatte Xenia die Schneeflocken mit beiden Händen aufgefangen und geküßt.

»Es ist so schön, zu leben«, hatte sie zu Trottau gesagt. »O Andrej, ich möchte nie sterben . . .«

Und er hatte geantwortet: »Du wirst leben wie jeder andere Mensch, Xenia. Im nächsten Sommer haben wir den Tod besiegt.«

Es war keine fromme Lüge. Wenn Trottau Xenia abhörte, war das Rasseln in ihren Lungen nur noch schwach. Xenia konnte tief durchatmen, ohne ein einziges Mal zu husten, und nach einer Stunde Sonne oder Schneekühle war ihr blasses Gesicht gerötet.

Sie blüht auf, dachte Trottau ergriffen. Wirklich, ein Mensch kann aufblühen wie eine Blume.

Er wußte, daß er ein Wunder erlebte — ein Wunder, das vielleicht nur die Liebe zuwege gebracht hatte . . .

Sie fuhren durch Moskau, ganz langsam, mit klingenden Glöckchen am Geschirr der Troika, in das wärmende Stroh gewühlt und mit Fellen zugedeckt.

Niemand beachtete sie. Die Schlitten, die ihnen begegneten, hatten es eilig, ins Warme zu kommen, die Menschen auf den Straßen noch mehr.

Für die Blattjews aber war es eine Fahrt von Wunder zu Wunder.

»So viele neue, große Häuser!« stammelte Massja. »Und wie reich sie geschnitzt sind und wie bunt bemalt! Igor Igorowitsch, damals, vor zwanzig Jahren, gab es hier nur elende Hütten. Sieh nur, die Häuser haben rote Schindeldächer – das konnten sich früher nur die Bojaren leisten. Oh, ist die Welt reich geworden!«

Blattjew saß im Stroh, in seinem Bart hingen Schnee und Eiszapfen, sein Atem gefror zu kleinen Kristallen. Er grunzte und lallte in einem fort, und später, als sie durch schöne, breite, neue Straßen fuhren und die Pferdchen wieherten, fühlte er sich wieder so wie in seiner Jugend, und er begann zu weinen.

Nach drei Stunden kamen sie zum Kreml zurück. Als die Türme auftauchten, der dunkle Palast, das Kloster, die hohe Mauer, krochen die Blattjews in sich zusammen. Die Wunder verwehten hinter ihnen im aufstiebenden Schnee.

Nur noch ein paar Minuten, und die schreckliche Unterwelt mit ihren tropfenden Felsgängen und dem Gestank der Bären war wieder um sie. Eine Erinnerung an drei Stunden Freiheit – mehr blieb nicht für Massja und Igor. Die Gelegenheit, noch einmal unter der Erde hervorzukriechen, würde nicht wiederkommen.

Blattjew hieb mit beiden Fäusten gegen die hölzerne Schlittenwand und heulte wie ein verirrter Wolf, Massja weinte still in sich hinein, hielt Xenia umfaßt, als müsse sie mit ihr gemeinsam das Schafott besteigen, und als der Schlitten unter dem Nordtor hielt, wühlte sich nur Trottau aus Stroh und Felldecken und sprang in den Schnee.

»Solange der Zar fort ist, fahren wir jeden Tag zwei Stunden mit dem Schlitten umher«, erklärte er. »Morgen hinaus in die Wälder, übermorgen zur Kirche der blutenden Madonna. Und der Zar wird lange wegbleiben.«

Die Blattjews starrten ihn an, als habe ein Geist zu ihnen gesprochen. Jeden Tag? In die Wälder? Über das freie Land? Den Himmel Rußlands über sich? Sollten die Wunder denn nicht aufhören?

Sie kletterten aus dem Schlitten, umarmten den Kutscher, küßten ihn auf die Wangen, küßten die Pferde auf die dampfenden Nüstern und küßten den geschnitzten, buntbemalten Schlitten. Dann gingen sie Hand in Hand zurück in den Kreml und verschwanden hinter der versteckten Tür in der Tiefe.

Nur Trottau blieb zurück – er wollte einen Brief an den Zaren schreiben.

Kurz nach der Rückkehr der Blattjews erreichten die Boten des Zaren Moskau. Sie galoppierten durch die Straßen zum Kreml und ließen den Arzt von Trottau ausrufen.

Der Anführer der zurückgelassenen Palastwache sagte, man habe ihn zum Kloster hinübergehen sehen, und dort fand man ihn auch, mitten in einer ärztlichen Tätigkeit: Er schnitt einem Mönch einen Nackenfurunkel auf.

Der Offizier, steif vom Frost, dampfte in der plötzlichen Hitze des Raumes. »Befehl des Zaren!« schrie er, ohne Rücksicht auf die Operation zu nehmen. »Der deutsche Arzt soll sich sofort nach Alexandrowskaja sloboda begeben.«

Trottau arbeitete ruhig weiter, als habe er nichts gehört, und sagte nur: »Haltet die Schale höher, Väterchen, näher an den Nacken. Gleich wird der Eiter herauslaufen.«

Er setzte das Chirurgenmesser an, spaltete mit einem schnellen Schnitt das dicke Geschwür. Der Mönch zuckte zusammen und knirschte mit den Zähnen, aber er blieb stumm.

Nur die um ihn herumstehenden Brüder begannen, Gebete zu murmeln. Aus der klaffenden Wunde flossen Blut und Eiter.

»Kann der Arzt reiten?« brüllte der Offizier an der Tür.

Trottau antwortete noch immer nicht. Er drückte ein zusammengefaltetes, ausgekochtes Leinentuch auf die Wunde, nahm die Schale aus der Hand des helfenden Mönchs und war mit wenigen Schritten vor dem Offizier der Garde. Mit einem Ruck hielt er ihm die Zinnschale unter die Nase. Der Offizier verfärbte sich und wandte den Kopf ab.

»Wenn du mich mit deinem Pferd bis Alexandrowskaja sloboda einholst«, sagte Trottau laut, »darfst du mir vor den Augen des Zaren die Schale ins Gesicht schütten. Holst du mich nicht ein, wird der Zar dich zwingen, sie auszutrinken.«

Der Offizier schluckte krampfhaft, starrte Trottau haßerfüllt an und stampfte hinaus.

»Warum ruft dich der Herrscher?« fragte der Metropolit, der im Hintergrund auf einem Sessel saß. »Ist er krank geworden?«

»Ich weiß es nicht.« Trottau kehrte zu dem Operierten zurück. Heilkundige Mönche waren dabei, ihn zu verbinden. »Was sagen die Bojaren?«

»Sie rätseln noch immer.« Rußlands höchster Priester faltete die Hände. »Das Volk will nach Alexandrowkaja sloboda pilgern und den Zaren um seine Rückkehr bitten. Auch wenn Iwan mit Blut herrscht – aber er herrscht! Ein Russe ohne Zar ist ein verwaister Russe.«

Trottau verzichtete darauf, mit dem Metropoliten zu diskutieren, und rannte hinaus. Bevor er fortritt, mußte er noch mit den Blattjews sprechen.

Aber dazu kam es nicht mehr. Vor dem Kloster stand die Reiterabteilung des Zaren bereit. Jeder der Männer hatte die Pferde gewechselt. Für Trottau stand eine schöne schwarze Stute im Schnee. Auf einem Packpferd war seine wenige Habe in Säcken verstaut. Daneben hockte auf einem knochigen Gaul Afanasi Lukanowitsch Sabotkin, der Leibeigene.

»Aufsteigen!« brüllte der Offizier.

Trottau zögerte. Xenia ... dachte er. Sie wird warten und warten und vor Angst vergehen. Ich muß vorher mit ihr sprechen.

Er wollte sagen, daß ihm sein Reitpelz fehle, aber da warf ihm Sabotkin den Pelz schon zu.

»Idiot!« sagte Trottau laut. Er zog den Pelz an und schwang sich in den Sattel. »Es gilt, Großmaul!« wandte er sich an den Offizier. »Wer zuerst vor dem Zaren steht, hat gewonnen. Vorwärts! Dawai — dawai!«

Er ritt an Sabotkins Seite und zischte: »Du hast verhindert, daß ich Xenia noch einmal sehe . . .«

»Ihr hattet keine Zeit mehr, Herr.« Sabotkin lächelte breit. »Ihr hättet auch alles verraten, man ließ Euch nicht mehr aus den Augen. Aber Xenia weiß Bescheid. Ich habe es ihr sagen können, während die Tröpfe Eure Wohnung durchwühlten.«

»Ich werde dich loskaufen, Sabotkin. Ich werde dich vom Zaren loskaufen! Du sollst ein freier Mensch werden!«

Trottau sah, wie Sabotkins Gesicht zuckte, und hätten sie nicht zu Pferde gesessen, wäre er auf die Knie gefallen. »Kennst du den Weg nach Alexandrowskaja sloboda?«

»Ja, Herr.«

»Zehn Werst vorher beschreibe ihn mir genau . . . Ich muß das Wettrennen gewinnen. Besorge mir an der letzten Pferdestation ein schönes Gäulchen!«

»Das beste, Herr!« Sabotkin legte die Hand aufs Herz, dann gaben sie den Pferden die Sporen und ritten los. Eine Wolke aus Schnee hüllte sie ein.

Nach dem letzten Pferdewechsel, bei dem Trottau einen hochbeinigen, braunen, starken Wallach erhielt, winkte der Arzt dem Offizier zu. »Bist du noch stark genug für den Wettkampf? Du hängst im Sattel wie ein geschlachteter Hammel!«

»Man reitet mit dem Hintern, nicht mit dem Maul!« schrie der Offizier.

»Dann los!« Trottau lachte laut. Sabotkin hatte ihm den Weg beschrieben, auch eine Abkürzung durch einen Wald und einen Sumpf. Der Sumpf war jetzt zugefroren, man konnte mit einem guten Pferd fast darüber hinwegfliegen.

Ein gutes Stück galoppierten Trottau und der Offizier nebeneinander her. Dann schob sich Trottaus Wallach vor, Schritt für Schritt ... Schließlich waren sie so weit voneinander entfernt, daß Trottau die Deckung einer Baumgruppe ausnutzte, sein Pferd nach rechts wendete und in den Wald hineinjagte, den Sabotkin ihm beschrieben hatte.

Als der Offizier die Stelle erreichte, an der Trottau abgebrogen war, schrie er vor Lachen, tippte sich an die Stirn und galoppierte den vorgezeichneten Weg weiter.

Er wird nie ankommen! dachte der Offizier. Er wird sich im Sumpf verirren oder von Wölfen zerrissen werden.

Trottau ritt und ritt. Er hatte längst die Orientierung verloren. Alles sah gleich aus — ein Schneefeld mit einem bleiernen Himmel darüber.

Aber sein Pferd kannte den Weg. Von der letzten Pferdestation bis Alexandrowskaja sloboda war es ungezählte Male gelaufen. Es witterte die Nähe der Menschen, streckte die Beine und trug Trottau sicher über den Sumpf.

Wölfen begegnete er nicht — er hörte sie nur. Auch eine Hundemeute heulte irgendwo in der Ferne.

Mit Schweiß bedeckt, der im Gesicht sofort zu Eis gefror, brach Trottau schließlich aus dem Wald hervor und sah die von Palisaden umgebenen Gebäude der neuen Zarenresidenz vor sich liegen. Militär umgab sie wie ein lebender Wall, in den Zeltstädten loderten die Feuer.

»Platz für den Arzt der Zarin!« schrie Trottau, als er in vollem Galopp die Tore passierte. »Platz für den Arzt der Zarin!«

Im Innenhof sprang er aus dem Sattel. Diener rannten herbei und hielten sein zitterndes Pferd, ein Leiblakai stürzte aus dem Haus mit einem angewärmten dicken Zobelpelz. Trottau erkannte ihn ... Der Pelz lag sonst immer auf dem Bett der Zarin.

Er folgte dem Lakaien ins Haus. Wärme schlug ihm entgegen wie eine Faust. Von draußen hörte er, wie erst jetzt der Offizier eintraf. Er mußte sich als der unglücklichste Mensch in ganz Rußland fühlen.

»Sag dem Offizier«, befahl Trottau dem Lakaien, »er soll sich sein Maul waschen und in Zukunft nicht immer dem Dreck aussetzen. Mehr will ich nicht von ihm.«

Zwei Kammerfrauen erschienen in dem Vorraum. »Wo ist der Zar?« fragte Trottau.

»Der Zar jagt in den Wäldern.« Die Kammerfrauen sanken in die Knie. »Die Zarin erwartet Euch. Sie stöhnt vor Schmerzen.«

Marja war allein. Sie trug ein tatarisches Seidengewand, und darunter war sie nackt. »Mein blonder Bär ...«, sagte sie. Ihre Stimme war heiser. Sie stürzte in Trottaus Arme.

»Denk nicht an den Zaren. Er kommt erst am Abend wieder! Aber ich sterbe vor Einsamkeit! Wie konnte ich es ohne dich diese Tage aushalten? Begreifst du das? Du konntest es, nicht wahr? Sag es, du Schuft, sag es mir ins Gesicht – du konntest es! Oh, du herzloses Untier ... Du weißt nicht, was Sehnsucht ist ...«

Am Abend kam der Zar zurück. Auf einem Schlitten lagen die blutigen Felle der erlegten Wölfe.

Trottau stand am Fenster und sah Iwan zu, wie er vom Pferd sprang und eines der größten blutigen Felle vom Schlitten riß, um es Marja zu zeigen.

Er kann nicht anders, dachte Trottau. Er muß Blut um sich haben. Nur wenn er Blut sieht, wird er fröhlich. Rußland, was wird aus dir ...

Beim Abendessen sagte Iwan zwischen einem Bissen Brot und einem Schluck Wein: »Trottau – ich werde Rußland vollkommen verändern. Es soll einen neuen Geist bekommen. Die Bojarenköpfe werden rollen wie die Kieselsteine am Ufer der Moskwa.«

Er hielt Trottau seinen goldenen Becher hin und nickte ihm zu. »Trink, Freundchen, trink aus dem Becher des Zaren! Das hat noch niemand gedurft, nicht einmal Marja ... Wie alt bist du?«

»Genauso alt wie Ihr, erhabener Zar.« Trottau trank einen Schluck und gab den Becher an Iwan zurück.

»Genauso alt wie ich!« Der Zar lachte. »Ich glaube nicht, daß wir zusammen sterben, Trottau! Ich will der letzte sein, der aus diesem Becher trinkt. Ich — nicht du!«

Wie sagen die alten Russen, die sich verkriechen, wenn der Zar durch die Straßen reitet? — ›Wen das Auge des Zaren trifft, der zerfällt zu Asche.‹

Ich werde fliehen, dachte Trottau. Ich muß es versuchen. Ich muß zurück nach Moskau, Xenia holen und versuchen, die polnische Grenze zu erreichen. Ich habe kein Verlangen danach, vor Iwan zu Asche zu werden.

XVII

Der Zarewitsch wollte nach Moskau zurück.

Er vertrüge das ewige Schneetreiben und den Frost nicht, erklärte er seinem Vater. Er friere bis auf die Knochen, selbst nachts im Schlaf, und wache auf wie eine Eissäule.

Iwan ließ die Diener, die für die Beheizung der kronprinzlichen Räume verantwortlich waren, durchprügeln. Man stellte überall Becken mit glühenden Kohlen auf und fahrbare Kamine aus Kupfer. Es verschlug einem den Atem, wenn man nun den Zarewitsch besuchte; der Schweiß brach einem aus allen Poren. Aber der Zarewitsch saß herum, bleich, mit umflorten Augen, und wenn man ihn fragte, sagte er kurz: »Ich friere.«

»Er ist ein Idiot, mein Sohn!« schrie Iwan. »So etwas soll einmal mein großes Reich erben! Trottau, geh hin und untersuche ihn. Und sage ihm: Es gibt ein gutes Mittel, den Frost zu besiegen. Man muß sich gegen ihn stemmen. Wenn er weiterfriert, wird der Zarewitsch in einem Sommerzelt auf freiem Feld schlafen. Man besiegt eine Sache nur, wenn man sie bekämpft!«

Der Zarewitsch empfing Trottau wie einen guten Freund.

Vor ihm verbarg er nicht die wahren Gründe seiner Krankheit.

»Ich zerfließe vor Hitze«, stöhnte er. »Mein Zimmer ist zu einem Backofen geworden. Aber ich halte durch, Trottau. Ich lasse mich braten, weil ich zurück nach Moskau will.«

Trottau lächelte verständnisvoll. Auch ich möchte zu Xenia, dachte er. Aber der Zar wird Alexandrowskaja soloboda nicht so schnell wieder verlassen, nicht vor dem Frühling ...

»Moskau ist leer«, sagte Trottau. »Der Kreml ist eine eisige Höhle geworden. Was wollt Ihr dort, Herr?«

Der Zarewitsch ging ans Fenster und starrte hinaus. Es schneite schon wieder. Das Land ertrank im Schnee, das Leben erstickte unter den weißen Massen.

»Ich habe Sehnsucht nach Irina«, antwortete er leise.

Trottau erinnerte sich. Irina war das dralle, kecke Mädchen, das auf dem Bett des Zarewitsch gelegen hatte, die Gerberstochter von der Moskwa, die der Kanzler Iwan Wiskowaty dem Kronprinzen zugeführt hatte, um aus dem Träumer einen Mann zu machen.

»Sie war ein Spielzeug, Herr«, erwiderte Trottau. »Spielzeuge haben es an sich, daß sie einmal zerbrechen.«

»Ich will sie wiederhaben«, beharrte der Zarewitsch eigensinnig. »Mir fehlt ihre Liebe!«

»Wir werden ein anderes Mädchen für Euch aussuchen, hier in Alexandrowskaja sloboda ...«

»Ich will Irina!« schrie der Zarewitsch. »Trottau, wozu bist du Arzt? Behandelst du nur Wunden und Brüche oder die eingebildeten Krankheiten der Zarin? Ist ein Arzt nicht auch dazu da, sich um die Seele zu kümmern? Meine Seele ist krank, Trottau, und es gibt nur eine Medizin für sie: Irina! Verschreibe sie mir!«

Trottau sah auf den dick mit Teppichen ausgelegten Boden. Er schwitzte fürchterlich. Die Hitze, die aus den Kaminen und glühenden Kohlebecken strahlte, war unerträglich. Wenn der Zarewitsch das schon tagelang aushielt, war seine Sehnsucht nach der kleinen blonden Moskauer Gerberstochter mit keinem anderen Mittel als ihr selbst zu stillen. Auch nicht mit

Iwans Drohung, seinen Sohn in einem Sommerzelt mitten in einen Schneesturm zu setzen.

Fühle ich anders? dachte Trottau. Ist nicht auch mir Xenia immer gegenwärtig? Wo ich bin, denke ich an sie ...

»Ich werde mit dem Zaren sprechen«, sagte er nachdenklich. »Aber ich stelle eine Bedingung, Herr.«

»Ich gebe dir tausend Rubel!«

»Kein Geld! Wir müssen Verbündete einer Verschwörung sein.«

Der Zarewitsch drehte sich um. »Gegen wen? Gegen den Zaren?«

»Ja.«

»Bist du wahnsinnig, Trottau! Mir so etwas zu gestehen!«

Trottau lachte. »Nicht um Krone oder Leben geht es. Auch ich möchte nach Moskau zurück, das ist alles. Überzeugt Ihr den Zaren, daß ich an Eurer Seite bleiben muß, bis Eure Krankheit erkannt ist. Ich werde dasselbe sagen. Das ist die ganze Verschwörung — wir müssen zusammen nach Moskau. Wir können uns gegenseitig helfen.«

»Auch eine Frau?« fragte der Zarewitsch.

»Ja.«

»Das blonde Mädchen im Garten, nicht wahr? Und das ist kein Spielzeug, das zerbricht?«

»Diese Liebe wird nie zerbrechen.«

»Und von Irina redest du wie von einem Ball, den man auffängt und wieder wegwirft.«

»Ihr seid der Zarewitsch. Mädchen wie Irina dürfen nur Blumen sein, die eine Zeitlang in Eurem Zimmer duften und dann verwelken. Die künftige Zarewna wird anders aussehen.«

»Wer denkt daran, du Trottel!« Der Zarewitsch gab Trottau einen freundschaftlichen Backenstreich. »Bleiben wir bei deinem Vergleich: Irina duftet noch in meinem Zimmer! Ich will sie wiedersehen. Und verschwören wir uns gegen den Zaren: Wir fahren zusammen nach Moskau zurück.«

Es dauerte noch sieben Tage, bis sich Iwan davon überzeugt hatte, daß die Rückkehr seines Sohnes in den Kreml notwendig war. Sieben Tage voller Angst, daß Iwans unberechenbare Launen den Zarewitsch doch noch in die Eistürme verbannen würden oder man ihm — wie der Zar schon angedroht hatte — ein Bett über sieben Kohlenbecken bauen mußte, ›um die Kälte aus dieser Mißgeburt zu vertreiben‹.

»Was ist das bloß für ein Sohn!« klagte Iwan am siebten Tag. Er war allein mit Trottau. Die Zarin schlief noch. Sie schlief jetzt viel, aß Berge von süßen Sachen, Kuchen und Torten oder Fleisch in Sahnesoßen und trank dazu öligen, goldgelben Wein. Sie wurde voller, und ihr Gesicht verlor jetzt überhaupt nicht mehr seine sinnliche Gier. Am schlimmsten aber war das unheimliche Wachsen der Grausamkeit in ihr, die Lust zu quälen. Sie stach mit langen Nadeln nach ihren Kammerfrauen, und wenn sie aufschrien und bettelnd zu Boden fielen, trat Marja nach ihnen und zerrte sie an den Haaren wieder hoch. Dabei lachte sie mit ihrer dunklen, schwingenden Stimme, in der alle Geheimnisse der fremden orientalischen Welt lagen, aus denen Iwan sie fortgeholt hatte in den Kreml.

»Sie bringt mich um, Trottau!« jammerte Iwan ein paarmal. »Ihr Körper ist wie ein Vulkan. Ich beherrsche ihn nicht und werde ihn nie beherrschen. Ich kann die ganze Welt erobern — aber dieses verfluchte Weib bleibt unbesiegt. Hast du kein Mittel, sie zu besänftigen?«

»Nein, erhabener Zar«, sagte Trottau ehrlich. »Dagegen gibt es kein Mittel. Es hängt mit den Säften in ihrem Körper zusammen. Schon Paracelsus erkannte, daß der Mensch von seinen Säften beherrscht wird. Wir wissen, daß sie im Körper kreisen, aber wo sie herkommen, wie man sie beherrscht, ist noch ein Geheimnis. Wir sehen nur ihre Wirkungen. Der Arzt, der dieses Geheimnis zu lösen vermag, könnte jeden Menschen verändern.«

»Warum kannst du es nicht, Trottau?« Iwan stieß die Spitze seines Possochs sanft gegen Trottaus Brust. Die lange Stahlspitze drang in den Rockstoff, aber nicht einen Millimeter tiefer. »Ein Leibarzt des Zaren muß der beste Arzt der Welt sein. Pillendreher gibt es genug, und Wunden aufschneiden kann jeder Barbier. Du sagst, Marja hätte zuviele Liebessäfte?«

»Man könnte es so nennen, erhabener Zar ...«

»Dann zapfe sie ihr ab!« schrie Iwan. »Gelingt dir das nicht wenigstens?«

»Nein.«

Der Zar sprang auf. »Sie ist also unheilbar in ihrer Liebeskraft ... Trottau, steh mir bei! Diesen Kampf gegen Marjas Verlangen kann ich allein nicht schlagen ...«

An diesem Morgen kam zu der Sorge um Marjas unbändige Lebensgier noch die Krankheit des Zarewitsch. Eine unerklärliche Krankheit, die Trottau mit den Worten umschrieb: »Es ist wie in einem Bergwerk, erhabener Zar: Man hat einen Stollen gegraben, und plötzlich hört man damit auf, und der Stollen fällt wieder zusammen. Die Seele eines Menschen ist voll von solchen gegrabenen Stollen.«

»Und die Rückkehr nach Moskau soll helfen?« fragte Iwan.

»Ich hoffe es.«

»Mein Sohn ist ein seelischer Krüppel! Die Krone des Reiches für einen Kretin! Und er sieht aus wie Anastasia, seine Mutter. Trottau, was muß ich leiden!« Der Zar legte den Kopf zurück. Sein schmales Gesicht mit der gebogenen Adlernase lag im flackernden Licht der Öllampen. Es war noch finster draußen, die Sonne brach noch nicht durch die tiefhängenden Schneewolken.

Um zehn Uhr hatte Iwan seine Minister sprechen wollen, um elf die Führer seiner Truppen — doch er hatte keine Lust dazu. Er dachte an die Bojaren in Moskau, an den Betrug, der Tag für Tag geschah, an die Lügen, die man vor ihm auftürmte, an die Heuchelei, die er glauben sollte — und an Rußland, das er liebte mit allen Fasern seines Herzens. Aber Rußland erwiderte diese Liebe mit Angst und Haß, weil alles, was geschah, im Namen des Zaren getan wurde.

»Die Bojaren werden den Zarewitsch töten«, sagte Iwan dumpf.

»Ich werde ihn begleiten«, erwiderte Trottau, »und über ihn wachen.«

»Du?« Iwans Kopf fuhr herum. »Du bist der Arzt der Zarin und mein Arzt. Du bleibst!«

»Es geht darum, Rußland den Zarewitsch zu erhalten.«

»Und ich bleibe nackt zurück! Nackt!« Der Zar rannte wie ein gefangenes Tier in dem großen Zimmer herum. »Ich habe dann keinen mehr, mit dem ich reden kann — reden wie ein Mensch! Du bist der einzige, Trottau! Und Marja? Denkst du gar nicht an Marja?« Iwan blieb stehen und verbarg sich wie ein geprügelter Hund hinter einem der flammenden Kohlebecken.

Sein Wahnsinn wird immer deutlicher, dachte Trottau. Aber es ist ein phantastischer Wahnsinn. Es ist das Verglühen eines Genies durch sich selbst ... Man wird das nie begreifen. Auch spätere Zeiten werden Iwan nicht verstehen. Sie werden alle nur seine Grausamkeit sehen, seine unbegreifliche Schrecklichkeit ... Aber niemand wird seine tiefe Einsamkeit kennen, seine ständige Flucht vor sich selbst, seine zum Irrsinn treibende Erkenntnis, daß er Rußland liebt und doch mit Blut regieren muß.

»Ich liebe Marja«, sagte der Zar leise hinter dem Kohlebecken. »Aber ich habe Angst vor ihr ...«

»Die Entscheidung über Euren Sohn liegt bei Euch, erhabener Zar.« Trottau stand auf und ging zur Tür. »Hier in Alexandrowskaja sloboda verliert der Zarewitsch seine Seele.«

»Wo willst du hin?« schrie Iwan und rannte hinter Trottau her. »Willst du mich jetzt allein lassen, du Hund?«

»Ich muß nach der Zarin sehen. Sie verlangt jeden Morgen ein Pulver von mir.«

»Du bleibst bei mir, Trottau ... Einen Arzt wie dich bekomme ich nie wieder! Einen neuen Zarewitsch kann ich jederzeit zeugen!«

Trottau verbeugte sich und verließ das Zimmer des Zaren.

An diesem Morgen gab er Marja, die im Bett auf ihn wartete, ein Pulver, das sie in einen Dämmerzustand versetzte.

»Küß mich«, sagte sie, bevor die Wirkung des Medikamentes eintrat. »Mein blonder Bär ... Zehn Tage habe ich ohne dich gelebt. Wie kann man das bloß aushalten! Dieses verfluchte Wetter verhindert, daß Iwan zur Jagd reitet. – Komm leg dich zu mir! Prokoffia und Marussja wachen vor der Tür.«

Trottau gehorchte. Er wußte, daß sein Pulver gleich wirken mußte. Er küßte Marjas volle Lippen, streichelte ihr Haar und ihren Körper, bis der Dämmerschlaf sie einhüllte. Dann zog Trottau die leichten Nerzfelle über die Zarin und verließ schnell das Zimmer. Prokoffia und Marussja, die noch immer vor der Tür standen, starrten ihm verwundert nach.

Der Zar fuhr herum, als Trottau wieder bei ihm eintrat. Sein Possoch zuckte vor. Immer und überall dachte Iwan an Verrat, an ein Attentat. Er war stets gerüstet, sein Leben zu verteidigen.

»Alle verraten mich!« sagte er jetzt zu Trottau. »Alle. Auch du. Du bist ein kluger Hund ... aber ich überführe dich auch noch, Trottau! Es gibt keinen Menschen, der nicht betrügt!«

»Die Zarin schläft wieder«, entgegnete Trottau und legte einen kleinen Lederbeutel auf den Ttisch. »Ich habe ein neues Pulver ausprobiert ... sie reagierte sofort darauf. Wenn Ihr jeden Morgen mit dem Zucker zwei Prisen dieses Pulvers in ihren Tee mischen laßt, wird sie ruhig wie ein Lamm bleiben.«

Iwan steckte den Lederbeutel in sein kaftanähnliches Gewand. »Ein gutes Pulver, Trottau ... Ich werde es ihr fleißig geben.«

Nach dem Mittagsmahl ritt eine kleine Kolonne aus Alexandrowskaja heraus. Vierzig Gardereiter, fünfzig Packpferde und zehn Schlitten. Für zaristische Maßstäbe war das nicht viel.

Der Zarewitsch kehrte nach Moskau zurück. Mit gerötetem Gesicht und glänzenden Augen starrte er in die weiße Ferne. Neben ihm, in dicke Biberfelle gehüllt, saß Trottau im kaiserlichen Schlitten. Im nächsten Schlitten war Sabotkin, sein Diener. Er war der einzige, der sich nicht freute. Er hatte mit dem Küchenmädchen Pjetka eine Liebschaft begonnen, einem süßen, schwarzlockigen Vögelchen. Das war nun vorbei, für immer vorbei, denn Sabotkin ahnte, daß sie Alexandrowskaja sloboda nicht wiedersehen würden.

Moskau, dachte Trottau, als die Schlitten im Wald untertauchten. In zwei Tagen wieder Moskau, wieder Xenia ... Ihre unbeschreibliche Zärtlichkeit, ihre Schönheit ...

Xenia, wir werden wieder durch Moskau fahren! Wir werden durch die Wälder jagen, vom Schneestaub der Troika und vom Geläut der Glöckchen umweht. Das Kloster Sagorsk werden wir besuchen, die Kirche der Dreifaltigkeit, die Kirche der Weinenden Mutter Gottes — und ich werde den Metropoliten bitten, uns heimlich zu trauen — auf den Stufen vor der goldenen Ikonenwand, wo sonst nur der Zar und die Zarin knien. Xenia Igorowna, in zwei Tagen sind wir in Moskau!

Der Himmel schüttete Schnee wie aus Säcken über die Schlittenkolonne. In zehn Tagen war Weihnachten.

XVIII

Blattjew rannte heiser brüllend durch die modrigen Gänge und stürzte Trottau mit ausgebreiteten Armen entgegen. Sein ungeheuer feines Gehör hatte schon von weitem den Klang von Trottaus Schritten erkannt. Hinter Igor kamen Massja und Xenia. Fast gleichzeitig fielen sie über Trottau her, umarmten ihn, küßten ihn, zerrissen ihn fast mit ihrer Freude. Und dann hob Blattjew mit seinen Bärenkräften Trottau auf die Schulter und trug ihn zu seiner Wohnung.

Es war merkwürdig: Obgleich hier in dieser riesigen Gruft ständige Dämmerung herrschte, die Feuchtigkeit bis in die Knochen zog, der Gestank der Bären überall hindrang und das hier wohl der schrecklichste und trostloseste Ort auf der ganzen Welt war, hatte Trottau das Gefühl, als sei er heimgekehrt.

Er war bei Xenia, und es war gleichgültig, was um sie

herum war. Ihre Augen, in denen die ganze Seligkeit der Liebe lagen, ihr goldenes Haar, ihre blassen Lippen, die nichts anderes sagen konnten als: »Du bist da ... du bist zurück!« — all das war mehr als sämtliche Reichtümer, die man erwerben kann.

Massja deckte den Tisch. Sie holte eine Flasche mit Gorelka, dem scharfen Schnaps, von dem Blattjew jede Woche zwei Flaschen erhielt, brachte einen dicken Brei aus Hirse und Kumyss* und setzte eine Pfanne auf den Ofen, um Eier zu braten.

Blattjew war davongerannt. Jetzt kam er wieder und hatte ein Ding in der Hand, das aus vier verschieden langen, durchlöcherten Röhren und einem Mundstück bestand.

»Seine Szurna!« rief Massja und klatschte in die Hände. »Söhnchen, kennst du sie? Bläst man sie bei euch daheim auch?«

»Bei uns nennt man sie Schalmei«, sagte Trottau. »Die Hirten spielen darauf in den langen Nächten.«

»Igor ist ein Meister auf der Szurna. O Jesus Christus, wie lange hat er sie nicht mehr geblasen. Als du getauft wurdest, Xenuschka, saß er dort auf der Bank und blies das Lied vom Wilden Reiter. Dann hat er sie fortgetan. Igor, welch ein Feiertag ...« Massja begann zu weinen, sank neben dem Herd auf einen Hocker und schlug die Schürze vor das Gesicht.

Blattjews klobige Finger tasteten über die Tonlöcher, er setzte das Mundstück an. Und dann spielte er, langsam, bedächtig, zurückwandernd in jene fernen Tage, in denen er Massja lieben gelernt und sein Mund noch hatte sagen können: ›Mein Schwänchen, hör mir und meiner Szurna zu. Wir haben dir viel zu sagen.‹

»Könntest du dir vorstellen«, fragte Trottau, nachdem er und Xenia sich geküßt hatten, als wollten sie ein Jahr von diesen Zärtlichkeiten zehren, »nicht unter der Erde zu leben — und auch nicht in Rußland?«

* gegorene Stutenmilch

Sie erstarrte. »Du ... du mußt weg aus Rußland?«

»Nach dem Weihnachtsfest wird Rußland anders aussehen. Der Zar will das Land den Bojaren entreißen, die Macht der großen Grundbesitzer brechen. Er will das ganze Land in seinen Händen haben. Eine neue Armee stellt er von Alexandrowskaja sloboda aus auf. Keine Soldaten, sondern Tausende von Geheimpolizisten, eine Armee der Spitzel und Henker. Sie sollen Opritschniki heißen — so genannt nach der Opritschnina, dem alten Zarenland, von dem aus Rußland entstanden ist. Schon im nächsten Jahr werden die Opritschniki zu Tausenden durch das Land reiten und jeden vernichten, der nicht im Sinne des Zaren lebt. Iwans Freund, Fürst Skuratow, wird die Führung dieser Henkerarmee übernehmen. Und die Gebiete um Moskau bis hinauf nach Wladimir, Uglitsch und Kostroma soll der junge Bojar Boris Godunow befehligen. Der Zar will Rußland in Blut tauchen.«

»Er will die Bojaren vernichten?« fragte Xenia atemlos.

»Völlig vernichten! Ein neuer Adel soll entstehen — aus freien Bauern, die allein vom Zaren abhängig sind und ohne Vorrechte, wie sie die Bojaren haben. Der Zar sitzt in Alexandrowskaja soloboda, starrt hinaus in den Schnee und denkt an nichts anderes mehr. Er träumt von einem Reich, in dem nur Gott und er regieren.«

»Und warum mußt du fort aus Rußland?«

»Ich weiß zuviel, Xenia. Ich habe Dinge miterlebt, die noch kein anderer Mensch von einem Zaren gesehen und gehört hat. Ich bin so vollständig in seiner Hand wie eine gefangene Taube. Mit einem Finger kann er mir den Hals umdrehen, und er wird es eines Tages tun. Deshalb muß ich weg.«

»Wohin, Andrej?«

»Über Polen nach Deutschland. Ich werde es als erster erfahren, wenn Skuratow und Godunow mit ihren Opritschniki das Land überschwemmen. Einen Tag vorher reiten wir los. Im Taumel seines nahen Sieges wird der Zar mich erst vermissen, wenn wir schon nahe an Polens Grenze sind. Er kann uns dann nicht mehr einholen.«

»Uns?« fragte Xenia ganz leise.

»Ja. Ich nehme dich mit, Xenia. Ich habe mit dem Metropoliten gesprochen. Er wird uns vorher trauen.«

Sie weinte plötzlich und umklammerte ihn. »Bleib hier, Andrej! Versteck dich hier unter der Erde. Hier sucht dich niemand ... Andrej, dieses fremde Deutschland! Wie kann ich leben ohne Rußland und Väterchen und Mütterchen ...«

Der Türvorhang wurde zur Seite gerissen. Massja wuchtete ins Zimmer. Sie hatte gelauscht – wie alle Mütter in dieser Lage. »Hör sie nicht an, Söhnchen! Sie ist eine Närrin! Ein schielendes Schaf! Halt den Mund, Xenia! Er ist dein Mann, und du folgst ihm, wohin er geht. Bin ich nicht auch bei deinem Vater geblieben, he? Habe ich das schöne Haus von Termjejanka nicht auch vertauscht mit dieser Höhle hier? Maria im Himmel, welch eine Jugend! Du bist seine Frau, und du gehst mit ihm – und wenn es ins ewige Eis wäre! Hinaus mit dir! Putze die Kammern!«

Sie riß Xenia hoch, gab ihr einen Schubs und stieß sie aus der Tür. Trottau war aufgesprungen, aber Massja drückte ihn auf den Stuhl zurück. »Bleib sitzen, Söhnchen. Man muß sie grob anfassen, das macht alles leichter. Natürlich geht sie mit dir, und wir werden euch segnen und jeden Tag für euch beten. Aber eine Mutter muß fragen, immerzu fragen ...«

»Frag, Massja Fillipowna!«

»Kannst du Xenias Krankheit ganz heilen?«

»Ja.«

»Sie wird lange leben? Und du wirst sie immer lieben?«

»Mein Leben ohne sie wäre ein halbes Leben. Ich will noch vor Weihnachten nach Alexandrowskaja sloboda zurück, um den Aufbau der Opritschniki zu beobachten. Wenn Skuratow und Godunow ihre Befehle zum Töten erhalten, hole ich Xenia sofort.« Trottau stand auf und ergriff Massjas abgearbeitete Hände. »Zwei Pferde mehr sind kein Hindernis, Massja. Kommt mit uns nach Deutschland!«

»Blattjew ohne seine Bären? Söhnchen, was redest du da! Für die Bären hat er seine Zunge hergeben müssen – er bleibt immer bei ihnen, und ich bleibe bei Igor. Wir haben hier unsere Tochter geboren, und wir schenken sie dir. Aber,

Söhnchen, das vergißt du nicht: Wenn du sie unglücklich machst, wird Gott dich strafen.« Sie zog Trottau an sich, küßte ihn auf die Stirn und stieß ihn dann wieder weg.

Trottau fiel auf die Steinbank und dachte: Gott soll mich mit Aussatz schlagen, wenn Xenia nicht glücklich wird!

»Wann fährst du nach Alexandrowskaja sloboda zurück?« fragte Massja.

»Zwei Tage vor dem Heiligen Fest. Ich will den Zaren mit meiner Gegenwart überraschen.«

Trottau bereitete den Fluchtplan bis in alle Einzelheiten vor. Er kaufte vier Pferde und eine Troika. In einer Vorstadt Moskaus warteten sie in einem Stall. Die Pferdchen wurden mit dem besten Futter vollgestopft. Sie sollten ausdauernd und stark werden. Aber es schien, als seien alle Vorbereitungen vergebens.

Mit zwei Schlitten und nur vier Reitern als Begleitung kehrte der Zar heimlich nach Moskau zurück. Im ersten Schlitten, vergraben unter dicken Pelzen, saß die Zarin neben Iwan. Sie bebte vor unterdrücktem Zorn.

Niemand beachtete die kleine Gruppe, als sie Moskau erreichte. Ein Schlitten unter Schlitten, Pferde unter Pferden . . .

Iwan freute sich, seine stechenden Raubvogelaugen glühten. Ein Zar kehrt anders heim, dachte er. Aber so, unerkannt von allen, sieht er die Wahrheit.

Nur eines sah Iwan nicht: die haßfunkelnden Augen der Zarin. Marja war wie ein Vulkan der Rache.

XIX

Die Schlittenkolonne des Zaren hielt an einem Hintereingang des Kremls. Die vier Strelitzen, die hier Wache standen und sich seit Tagen langweilten, rannten vor das Tor und senkten die Piken. Dann erkannten sie den Zaren. Ihre Gesichter begannen zu leuchten, sie warfen die Piken weg und sanken im Schnee auf die Knie.

»Du bist zurückgekommen, Väterchen!« schrien sie. »Gelobt sei Jesus Christus! Du hast uns nicht vergessen ...«

»Führt sie weg«, sagte Iwan gleichgültig. Er winkte seinen Reitern. »Sie haben mich nie gesehen. Ich bin nie in Moskau gewesen.«

Wortlos rissen die Reiter die knienden Strelitzen hoch, banden ihnen die Hände auf den Rücken und nahmen sie mit. Man sah sie nie wieder. Wer vermißt in Rußland schon vier Menschen?

Die Schlitten fuhren in den Hinterhof und hielten an der Kirchentreppe des Palastes. Es war die Treppe, die Iwan immer hinunterging, um auf schnellstem Weg zur Kirche zu gelangen.

Der Zar stieg aus dem Schlitten und blickte hinüber zur Kirche. Die vergoldeten Zwiebeltürme leuchteten im kalten Schneelicht. Der Platz vor dem Eingang war leer, keine Spuren im Schnee. Die Einsamkeit, die in den Kreml eingekehrt war, schien bedrückend.

»Ich möchte beten«, sagte Iwan plötzlich.

»Jetzt?« fragte Marja mit dunkler Stimme.

»Gerade jetzt.« Der Zar lehnte sich an den Schlitten. »Oh, wie ich Moskau liebe, wie ich es vermißt habe! Mein Herz zerriß, als ich durch die Straßen fuhr. Und alles der Bojaren wegen! Meine Jugend haben sie mir gestohlen, meine Frau vergiftet, meinen Thron zu einer Blutbank werden lassen. Rußland haben sie ausgesaugt wie Vampire, das Volk geknechtet. Aber ich will sie alle zerschlagen. Ich will sie vernichten mit Frau und Kindern. Und das Volk soll dabeistehen und zusehen, wie ich Rußland von ihnen befreie.« Der Zar legte beide Hände über seine Augen. »Ich muß Gott bitten, mir das Meer von Blut zu verzeihen, das ich über das Land bringe. Er soll mir nicht die Seelen anlasten, die ich vernichte. Ein Zar muß hart sein, sonst frißt ihn dieses herrliche, wilde Land.«

»Geh in deine Kirche«, sagte die Zarin. »Und bete für eine Seele mit, die ich vernichten werde.«

Dämmerlicht lag in dem weiten, prunkvollen, leeren Raum. Das Ewige Licht brannte vor der Ikone der Madonna.

»Gott«, sagte Iwan mit zitternder Stimme. »Gott, verlaß mich nicht. Vergib mir alle Schuld. Ich bin von Feinden umgeben und schütze mich nur. Schütze du deinen niederen Jünger ... Ich habe Angst, mein Gott. Ich habe Angst vor den Menschen und vor meinem herrlichen russischen Reich ...«

Er sank auf die Knie und rutschte den langen Mittelgang des Kirchenschiffs entlang bis zur goldenen Ikonostase. Als er die Stufen vor dem Altar erreicht hatte und hochblickte, stand groß und breit, im perlenbestickten Ornat, Philipp vor ihm, der Metropolit von Moskau.

»Ich will beichten, Väterchen«, stammelte Iwan.

»Gottes Ohr ist überall.«

»Ich werde Tausende töten, Väterchen. Ein Heer von Toten wird mir folgen.«

»Gott wird es aufschreiben, mein Sohn.«

»Ich werde die Bojaren vernichten.«

»Wir werden die Glocken läuten und für ihre Seelen beten.«

»Ich werde vielleicht auch den Arzt der Zarin töten. Er weiß zuviel von meinem Herzen.«

Der Metropolit hob beide Hände. Sein Gesicht war unbeweglich wie der Stein, aus dem man die Heiligen an den Säulen gemeißelt hatte.

»Es wird vor Gott eine lange Rechnung werden, mein Sohn.«

Der Zar nickte. »Und man wird auch dich töten, Väterchen Philipp, Metropolit von Moskau. Du bist ein Freund des Fürsten Kurbski.«

»Ich segne dich, mein Sohn.«

Der Zar fiel auf das Gesicht. Lang hingestreckt lag er vor der Ikonostase, und es wäre leicht gewesen, ihm von oben durch den Rücken in das Herz zu stechen. Aber nichts geschah. Ein Zar ist noch nie in einer Kirche ermordet worden ...

Draußen wurde indessen der zweite Schlitten ausgeladen.

Ein gefesselter Mann wurde aus den Decken und dem wärmenden Stroh gehoben. Sein Gesicht war von Peitschenhieben entstellt.

»Hört mich an!« schrie er. »Man hat den erhabenen Zaren belogen! Skuratow und Jurjew wollen nichts als meine Güter, und Boris Godunow ist ein verkleideter Teufel! Ich habe den Zaren nicht verraten!«

Marja stieg aus dem Schlitten. »Jammert nicht, Fürst Lumansowski«, sagte sie mit erschreckender Ruhe. »Der Zar braucht ein Beispiel der Rache, und die Wahl ist auf Euch gefallen. Seid stolz darauf.«

»Gebt mir nur fünf Minuten mit dem Zaren!« schrie Lumansowski. »Warum hört er mich nicht an? Warum glaubt er Skuratow und Godunow mehr als mir?«

»Man fragt einen Zaren nicht nach dem Warum.« Die Zarin umkreiste den Fürsten, blieb dann dicht vor ihm stehen und zog ihn an den gefesselten Händen heran. »Was würdest du tun, wenn ich dich gegen einen anderen eintausche?« fragte sie.

»Alles, erhabene Zarin, alles! Ich würde jeden Tag Eure Füße mit meiner Zunge waschen. Ich würde Euch anbeten.«

»Das ist nichts Neues«, erwiderte die Zarin kalt. Ihre schwarzen Augen bekamen einen so wilden Glanz, daß Lumansowski den Atem anhielt. »Würdest du denjenigen, den ich gegen dich eintausche, töten?«

»Sofort, erhabene Zarin!«

Marja winkte den Gardereitern. »Sucht den Arzt!« rief sie. »Holt ihn aus seiner Wohnung und bringt ihn in das Schreibzimmer des Zaren!«

In der Wohnung des Arztes fand man nur seinen Diener. Er lag auf dem geheizten Ofen, rauchte und rülpste, denn er hatte gut gegessen. Trottau war unten bei den Blattjews. Gleich nach Weihnachten würde die Flucht losgehen, die Troika und die Pferdchen standen bereit. Und dann war Sabotkin ein freier Mensch, denn sein Herr hatte ihm versprochen, die Leibeigenschaft aufzuheben.

Welch ein Leben, Brüderchen! Sabotkin kam ins Träumen, als die Gardereiter ins Zimmer stürmten.

»Wo ist der Arzt?« brüllten sie. Bevor Sabotkin antworten konnte, rissen sie ihn zu Boden und traten ihn in den Rücken.

»Mach das Maul auf, du Wanze!« brüllte einer der Gardisten und hieb auf Sabotkin ein, daß ihm die Knochen krachten.

So nicht, mein Freundchen, dachte Afanasi. Er schwieg, biß die Zähne aufeinander und dachte an den weisen Priester in seiner Heimat, der ihm einmal vor langer Zeit gesagt hatte, es gäbe keine Schmerzen, wenn man keine Schmerzen haben wolle. Darum lag Sabotkin still und ließ die Gardisten sich müde prügeln.

Sie schlugen Sabotkin, den Schweigenden, halb tot, ließen ihn dann in seinem Blut liegen und durchsuchten den Palast. Aber den deutschen Arzt, Andreas von Trottau, fanden sie nicht.

Unterdessen wartete Marja in ihrem leeren, kalten Zimmer, in ihren dicken Zobelmantel gewickelt, mit brennenden Augen und bleich vor Zorn. Aber nicht Trottau stürzte herein, sondern Iwan.

»Wo ist Lumansowski?« rief er. »Ich habe reinen Tisch mit Gott gemacht — jetzt will ich Lumansowski sterben sehen!«

»Er wartet nebenan.«

»Zu den Bären!« Iwan ballte die Fäuste. »Und wo ist Trottau? Ich will den Arzt sehen! Er kennt meine Seele, aber die Bären kennt er noch nicht. Er soll sie sehen, er soll neben mir stehen, wenn Lumansowski zerrissen wird. Trottau soll alles von mir wissen — alles!«

»Ich habe eine Bitte, Iwan«, sagte die Zarin kalt. Sie beobachtete den Zaren seit Tagen. Der Wahnsinn, sonst nur in Augenblicken aufzuckend wie Blitze an einem heiteren Himmel, ergriff ihn jetzt sichtbar und begann, seinen Geist zu zerstören.

»Erst zu den Bären!« schrie der Zar. »Mit Lumansowski soll die neue Zeit in Rußland beginnen. Sein Tod soll die Bojaren das Fürchten lehren!«

»Schenk ihn mir, Iwan.«

Der Zar blieb stehen. Die kleinen, stechenden Vogelaugen starrten Marja durchdringend an.

»Ich soll dir Lumansowski schenken?«

»Ich will ihn eintauschen — gegen Trottau.«

»Der Arzt?« Iwan überlegte, woher dieser plötzliche Haß kommen mochte. »Wir brauchen ihn noch.«

»Ich bin gesund, Iwan.«

»Kein Mensch ist ganz gesund.«

»Wenn ich seinen Kopf an den Haaren wegtragen kann, werde ich nie mehr krank sein.«

Der Zar hob die Schultern. Er fror trotz seines dicken Pelzes. »Du machst mich schaudern, Marja«, sagte er heiser. »Er ist dein Arzt — aber er ist mein einziger Vertrauter geworden. Er ist meine Klagemauer. Ich kann gegen sie sprechen, ich kann vor ihr weinen und schreien, beten und flehen ... Sie bleibt stumm. Ich brauche Trottau.«

»Und wann soll er sterben?«

»Wenn Rußland groß geworden ist. Die Weltgeschichte sieht nur den Erfolg. Den Weg dorthin betrachten nur die Narren. Man lobt die Pyramiden als ein Weltwunder. Wer kümmert sich darum, daß jede Pyramide Tausende von Sklaven gekostet hat? Man nennt den Griechenkönig Alexander einen großen König. Wer zählt die Toten, die ihn groß gemacht haben? Ich werde Rußland zum herrlichsten Land der Erde machen, und es soll keinen geben, der die Liter Blut nachmißt, mit denen ich den Mörtel zu diesem Bau anrühre. Nein!« Iwan schüttelte den Kopf. »Ich brauche Trottau noch!«

»Er ist mein Arzt!« unterbrach Marja ihn hart.

»Dann nehme ich ihn dir weg!«

»Gib mir Lumansowski dafür!«

»Ein böser Tausch! Ich brauche einen Bojaren zum Töten!«

»Nimm Boris Godunow.«

»Den brauche ich für das Säubern. Morden ist für Boris Godunow eine Leidenschaft wie für andere das Jagen von Wölfen.«

»Eines Tages wird er vielleicht auch dich erlegen ...«

»Mich?« Der Zar lachte laut. »Mich tötet nur Gott — und damit hat es Zeit.« Er drehte sich um und stapfte zur Tür, die in sein Schreibzimmer führte. »Warum reden wir soviel? Ich habe Gott den Bojaren Lumansowski abgehandelt, ich darf ihn töten. Und ich will diesen Tod genießen, um stark zu werden für die Monate, in denen Rußland beten und weinen, schreien und sterben wird, bis die neue Zeit geboren ist.«

Er stieß die Tür auf. Lumansowski stand vor der geöffneten Falltür. Zwei Strelitzen waren schon auf der Treppe, Fackeln in den Händen.

»Gnade!« brüllte Lumansowski. »Erhabener Zar, Gott ist mein Zeuge: Ich war Euch immer treu ergeben. Skuratow lügt, und Godunow lügt. Nur Lügner sind um Euch, Herr. Gnade! Nehmt meine Güter bei Nowgorod ...«

»Sie gehören mir schon«, sagte der Zar ohne Bewegung. »Alles gehört von jetzt an dem Zaren — daß ihr Bojaren das nicht begreift! Gehen wir!« Er reichte Marja die Hand, stieg mit ihr die Treppe hinunter. Ein Strelitz leuchtete voraus, der andere stieß Lumansowski vor sich her.

»Wohin, erhabener Zar?« fragte der erste Strelitz. Seine Stimme bebte vor Erregung.

»Ich gehe voraus.« Iwan nahm eine Fackel und stieg in die modrige, glitschige Dunkelheit hinab.

Er ist wahnsining! dachte Marja. Bald werde ich seine Witwe sein, die reichste und mächtigste Witwe der Welt. Ich werde Iwan Trottaus Körper als Kranz auf den Sarg legen — aber der Kopf wird mir gehören. Man soll ihn mir vorantragen wie eine Krone.

Wie ich ihn liebe, diesen blonden deutschen Bären! Und er betäubt mich mit einem Pulver, um vor mir zu flüchten.

Hinter ihr begann Lumansowski laut zu beten. Seine Stimme hallte durch die Dunkelheit und brach sich an den Gewölben. »Deine Barmherzigkeit ist groß, o Herr, aber vergiß nicht, daß du auch gesagt hast, ich bin ein strafender Gott ...«

Sie kamen in den Teil der Unterwelt, in dem die Decken höher, aber auch der Geruch der Bären spürbar wurden ...

XX

Trottau saß mit Xenia in ihrem Zimmer und sah ihr zu, wie sie aus einem Leinenlappen ein neues Umhängetuch für Massja nähte.

Sie waren wieder eine Stunde oben in dem kleinen Garten im Schnee gewesen. Xenia hatte tief die reine Luft geatmet und war dann, müde und eingewickelt in drei Decken, eingeschlafen. Schlafend hatte Trottau sie wieder hinabgetragen. Dann hatten sie eine Pfanne mit Speck, Eiern und geschmorten Gurken gegessen und Blattjew zugehört, der jeden Tag ein Stündchen auf seiner Schalmei blies.

Jetzt hatte Blattjew die Bären geputzt. Er war der einzige, der zu ihnen in den Käfig gehen konnte und dem sie sogar aus der Hand fraßen. Er kannte genau ihre Launen. Er ohrfeigte sie, wenn sie ihn anknurrten, oder hieb ihnen die Faust auf die empfindliche Nase, wenn sie sich aufrichteten und bösartig wurden.

Massja stand an einem Kessel mit heißem Wasser und spülte die Teller, als Blattjew ins Zimmer stürzte und wild herumgestikulierend irgend etwas lallte. Er zeigte nach draußen, bekreuzigte sich, raufte seine Haare und rannte wieder hinaus.

Massja war blaß geworden und rannte Blattjew nach.

»Was hat er?« fragte Trottau.

»Ich weiß es nicht.« Xenia rückte näher an ihn heran. »So habe ich ihn noch nie gesehen. O Gott, hoffentlich ist kein Bär gestorben!« Sie faltete die Hände. Draußen hörte man Massja rufen, dazwischen erklang Blattjews heiseres Lallen.

»Das letztemal starb ein Bär, da war ich zehn Jahre alt. Der Zar peitschte Väterchen, daß er sich für fünf Tage nicht rühren konnte. Am sechsten Tag kam ein neuer Bär herunter, und der Zar ließ sagen: ›Igor Igorowitsch, ich habe den toten Bären untersuchen lassen. Er war gut gepflegt und starb an seinem Alter. Du bekommst die Prügel gutgeschrieben. Erinnere mich daran!‹ So ist der Zar.«

Trottau überlief ein Kälteschauer. Er dachte daran, daß außer dem Zaren niemand mehr lebend diese Gewölbe wieder verließ.

»Wer hat den neuen Bären gebracht?« fragte er.

»Ein Strelitz.«

»Kannte er denn den Weg?«

»Väterchen holte ihn an der Treppe ab. Dann tötete er den Strelitzen. Es ist ein Befehl des Zaren.

»Er hat ihn den Bären vorgeworfen?«

»O nein, das darf nur der Zar. Väterchen führt alle, die nicht mehr zurückdürfen, in eine kleine Kammer und erwürgt sie mit einem Strick.«

»Mein Gott«, stammelte Trottau. »Xenia, wir werden noch vor dem Weihnachtsfest nach Deutschland flüchten. Du mußt hier weg. Du mußt alles vergessen, was du gesehen hast...«

Massja kam herein. »Der Zar...«, rief sie. »Der Zar kommt mit einem Verurteilten. Man kann ihn beten hören... Sie sind gleich hier. Bei der Mutter Gottes und allen Heiligen, verhaltete euch still. Noch nie hat der Zar hier hereingeblickt, er wird es auch heute nicht tun.«

Sie bekreuzigte sich, lief zu der Ikone und betete. Trottau wollte etwas sagen, aber Xenia legte ihre zitternde Hand auf seinen Mund. »Da ist er...«

Die Stimmen wurden deutlicher. Trottau hörte jemanden schreien: »Gnade! Gnade!« Er preßte Xenias Hände gegen seine Ohren und verbarg sein Gesicht an ihrer Brust. Aber er hörte noch, wie Massja durch den Türvorhang flüsterte: »Auch die Zarin ist da.« Dann verschwand sie wieder. Trottaus Kopf zuckte hoch. »Nein...«, stammelte er, »das ist nicht möglich!

So etwas kann sie nicht tun! Sag, daß es eine Lüge ist! Sie kann dieser Grausamkeit nicht zusehen.«

»Sie war schon viermal mit dem Zaren hier«, entgegnete Xenia.

Die Stimme Lumansowskis überschlug sich. Er hatte Blattjew gesehen und wußte jetzt, daß es weder Gnade noch ein Wunder gab.

»Gott wird euch vernichten!« brüllte der Bojar. »Iwan, Zar von Rußland, mein Blut wird dir jede Nacht über die Hände tropfen.«

»Er redet zuviel, Blattjew.« Die Stimme des Zaren. Trottau kannte sie so gut. Er hatte sie hilflos weinen gehört bis zur wilden Ekstase des Zorns. Jetzt war sie nüchtern, klar und kalt.

»Die Nachwelt wird dich verfluchen!« rief Lumansowski. In den letzten Minuten seines Lebens war er ohne Angst, nur noch voller Auflehnung und Anklage. »Man wird dich Iwan den Schrecklichen nennen!«

»Das ist ein stolzer Name! Warum winselst du nicht mehr um Gnade, Bojar?«

»Du bist es nicht wert, auch nur ein Gefühl zu sehen. Iwan, du Schrecklicher, du bist wahnsinnig!«

»Zu den Bären!« brüllte der Zar. »Blattjew, nimm ihm die Fesseln ab. Er soll um sein Leben laufen, er soll um sich schlagen, ehe ihn die Bären zerreißen.«

»Ich werde sie umarmen!« schrie Lumansowski. »Zu sterben und dich dabei zu verfluchen, ist eine Ehre! Los, Blattjew, führe mich zu den Bären! Jetzt habe ich Sehnsucht nach ihnen.«

Trottau hörte klatschende Schläge. Jetzt treiben sie Lumansowski mit der Lederpeitsche zu dem Bärenhaus, dachte er. Gleich schwingt die Eisentür auf. Die braunschwarzen Körper richten sich auf, die kleinen, tückischen Augen starren hinauf zur Galerie ... Und die Zarin wird dort stehen und zusehen, wie ein Mensch lebendig zerrissen wird. Sie wird in all ihrer wilden, herrlichen Schönheit am Geländer stehen und sich ergötzen, wie ein Mensch qualvoll stirbt.

Trottau verbarg den Kopf wieder an Xenias Brust. Das Wissen, daß er hier nicht helfen konnte, ohne die Blattjews, Xenia und sich selbst zu vernichten, war so furchtbar, daß er an diesem Gefühl der Ohnmacht fast erstickte.

Dann war Stille. Die schwere eiserne Tür zum Bärenzwinger ließ keinen Laut durch. Trottau hob den Kopf. Er sah, daß Xenia die Hände gefaltet hatte und betete. Er sank mit dem Kopf über den Tisch.

»Mein Gott«, sagte Trottau, »großer Gott im Himmel, warum duldest du das? Wo bist du, Gott? Hast du Rußland vergessen, dieses gläubigste aller Völker? Kehre nach Rußland zurück, mein Gott ...«

Schritte ertönten, Türen klappten.

Es war gut, daß Trottau nicht wußte, was jetzt geschah. In einem Nebengemach erwürgte Blattjew mit einem Hanfstrick die beiden Strelitzen. Es war sein Beruf ... Der Zar hatte es befohlen.

Wieder klappte eine Tür. Iwans Stimme klang auf, etwas heiser, erregt, von Lumansowskis tapferem Sterben beeindruckt.

»Es sind gute Bären, Igor Igorowitsch, ich muß dich loben. Und auch dich, Massja. Du bist eine gute Frau.«

Die Schritte näherten sich, verstummten vor der Tür zu Xenias Zimmer. Man hörte Massja auf die Knie fallen und sagen: »Erhabener Zar, wir ernähren uns von Eurer Güte.«

In diesem Augenblick bäumte sich Xenia auf und drückte beide Hände vor den Mund. Ein Hustenreiz hatte sie überfallen. Sie versuchte, den Atem anzuhalten, preßte die Handflächen gegen die Lippen und starrte Trottau mit einer schreienden Angst an. Hilf mir, bettelten ihre Augen, Andrej, hilf mir doch! Ich darf nicht husten, sie hören es. Halt es auf, Andrej ...

Trottau nahm ihren Kopf, riß ihn unter seinen Rock und deckte beide Arme darüber. Aber es war vergeblich. Der Husten brach aus Xenia heraus, dieser bellende, schreckliche, hohle Husten der Lungenkranken.

»Was ist das?« fragte die Zarin draußen. Sie drehte sich

um und starrte auf den Vorhang, der das Zimmer von dem Vorplatz abtrennte. Der Zar war schon weitergegangen. Blattjew leuchtete ihm mit der Fackel voraus. »Ist da noch ein Mensch?« fragte Marja.

»O Mütterchen«, stammelte Massja. Sie umfing die Stiefel der Zarin, klammerte sich an ihnen fest. »Es ist nur ein Kind.. Mein Kind. Es ist krank, die Lungen... Es hustet sich den Tod heraus. Bleibt hier, Mütterchen, begebt Euch nicht in Gefahr.«

Die Zarin trat wortlos nach Massja und traf sie an der Stirn. Sie fiel auf die Steinplatten, schlug die Schürze über ihren Kopf und blieb liegen wie ein Bündel dunkler Lumpen.

Mit einem Ruck riß die Zarin den Vorhang zur Seite.

Und dann sahen sie sich an, Marja und Trottau. Ihre Blicke prallten wie Schwerter aufeinander, und es rissen Wunden in ihren Herzen auf, die nie wieder heilten.

Trottau hatte noch immer Xenias Kopf unter seinem Rock verborgen. Sie hustete, ihr Körper krümmte sich, und sie erlebte dadurch nicht, wie eine Liebe zerbrach, die aus Himmel und Hölle erbaut worden war.

»Marjuschka«, sagte Trottau langsam.

Der Name ihrer zerrissenen Seligkeit.

Die Zarin lehnte sich an die Wand. Sie suchte Halt. Und in diesem Augenblick starb ihre Seele.

Die lautlose Schlacht, die Marja und Trottau mit ihren Blicken schlugen, entschied Trottau für sich. Die Zarin schlug die Augen nieder. Aber ihre Hände, die so zärtlich streicheln und in denen die ganze Glut der Steppen von Kasan liegen konnte, preßten sich jetzt gegen die kalte Mauer und schlugen dagegen in einem schrecklichen, gleichförmigen Takt. Unentwegt klatschend, eine schaurige Melodie der Vernichtung.

Tod — Tod — Tod — —

»Blonder Bär«, sagte Marja endlich kaum hörbar. »Mein blonder Bär, warum hast du das getan?«

Aus dem Vorraum kroch Massja ins Zimmer. »Gnade,

Mütterchen, Gnade!« wimmerte sie. »Gnade für meine Xenuschka. Habt ein Herz für die vom Leben Verbannten! Gnade . . .«

»Warum bist du hier?« fragte die Zarin und sah nur Trottau an. Ihre Hände klatschten noch immer gegen die Mauer, und ihr ganzer Körper bebte.

»Ich bin Arzt«, erwiderte Trottau.

»Mein Arzt, Andrej . . .«

Der Hustenkrampf hörte auf. Xenia hob den Kopf. Ihre blauen Augen erkannten die Zarin. Da riß sich Xenia von Trottau los, fiel auf die Knie und beugte den Kopf so tief, daß ihre Stirn den Steinboden berührte. Das alles geschah so schnell, daß Trottau Xenia nicht mehr zurückhalten konnte.

»Große Zarin«, sagte sie mit ihrer ständig in einen Hauch von Zärtlichkeit eingebetteten Stimme. »Euer Auge beglückt uns.«

»Sie ist hübsch!« Die Zarin stieß sich von der Wand ab, beugte sich zu Xenia hinunter und riß sie an den blonden Haaren hoch. Trottau sprang auf, aber wie gelähmt hielt er mitten in der Bewegung inne. Unter dem Pelz hatte die Zarin einen Dolch hervorgezogen und die Spitze gegen Xenias Nacken gedrückt.

»Ein Engel ist sie«, fuhr Marja fort. »Ein wahrer Engel. Wie lange kennst du sie, Andrej?«

»Fast sechs Monate«, antwortete Trottau. Seine Stimme war kaum noch zu erkennen. Xenia lag vor der Zarin und rührte sich nicht. Ihnen zu Füßen kniete Massja und wimmerte.

»Du liebst sie?«

»Ja, erhabene Zarin.«

Marja ließ Xenias Haar los. Das Mädchen sank in sich zusammen und begann zu beten. Marja stieg über sie hinweg und stand jetzt dicht vor Trottau. Ihr heißer Atem schlug ihm entgegen.

»Du hast meinen Himmel eingerissen«, flüsterte sie heiser. »Du hast mich vernichtet. Am Tage warst du bei ihr, und in der Nacht bist du zu mir gekommen. War es so?«

»Ja, Marjuschka.«

»Ich habe dich geliebt, weißt du das? Du warst der einzige Mann, dem nicht nur mein Körper, sondern auch mein Herz gehörte. Das alles ist zerstört. Du hast eine tote Seele aus mir gemacht.«

Ihr Kopf sank nach vorn auf Trottaus Schulter. »Am Tage bei ihr, in der Nacht bei mir .. Ich habe dich teilen müssen mit einer kleinen blonden Hure ... O Bär, mein blonder Bär, welche Frau kann das ertragen! Erwartest du von mir, daß ich dir das verzeihe? Soll ich heiliger sein als eine Heilige? Blonder Bär, was soll ich tun?«

»Gib mir die Gelegenheit, Rußland zu verlassen.« Trottau legte den Arm um die Schulter der Zarin. Aber mit einem Ruck befreite sie sich. In ihren schwarzen Augen lag die Glut eines alles vernichtenden Feuers.

»Du willst weg von mir?«

»Ich weiß, daß eine Laune des Zaren genügt, um mich zu töten.«

»Ich liebe dich, Andrej ...«

»Es ist eine tödliche Liebe, Marja. Der Zar ...«

»Ich werde den Zaren erwürgen. Und dann werden wir Rußland regieren.«

»Du vergißt die Bojaren. Basmanow, Godunow, die Romanows ...«

»Mit ihren Köpfen werde ich die Zinnen des Kremls schmücken.«

»Ich liebe Xenia! Ich will sie heiraten.«

»Am Tage bei ihr, in der Nacht bei mir ...« Die Zarin umklammerte mit beiden Händen Trottaus Kopf und zog ihn nahe an sich heran. »Du sollst auch in der Nacht bei ihr sein, Andrej«, sagte sie kaum hörbar. »Immer und ewig in der Nacht, denn unsere Nächte waren die schönsten auf dieser Erde. Ich werde dir die Augen ausstechen lassen, mein blonder Bär. Dann hast du sie immer, deine Xenia. Und vor mir wirst du mit leeren Augenhöhlen sitzen. Und ich werde dich ansehen und zu dir sagen: ›Andrej, komm her. Ich bin krank. Taste meinen Körper ab. Fühlst du meinen Leib? Faß zu, blonder Bär, faß zu. Du bist der Arzt, du darfst den Körper der Zarin berühren. Und die Zarin liegt still, ganz still ... Wie zärtlich deine Hände sind, wie gut sie tun ... Erinnerst du dich noch, wie dieser Körper aussieht, blonder Bär? Und du wirst vor mir sitzen, in die ewige Nacht starren und mit deinen Händen die verlorene Sonne suchen. Dann wirst du alles haben, was du wolltest. Die selige Nacht mit Xenia und die Liebe der Zarin in deinen Händen. Nur sehen wirst du das alles nicht mehr können ...«

Vom Gang her ertönte Iwans Stimme. Er war stehengeblieben und wunderte sich, daß Marja nicht nachgekommen war.

»Marja!« rief er. »Beeile dich! Ich will noch einmal in die Kirche und beten.«

»Es gibt nur zwei Ausgänge aus diesem Grab«, sagte die Zarin und ließ Trottaus Kopf los. Er trat zwei Schritte zurück und holte tief Atem. »Die Treppe zum Schreibzimmer des Zaren und der Ausstieg unter dem Busch im Garten. Vor jeden Ausgang werde ich vier Strelitzen stellen. Du kannst nicht mehr hinaus. Morgen, bevor der Zar zurück nach Alexandrowskaja sloboda fährt, hole ich mir deine Augen. Mein blonder Bär, du bleibst bei mir, bis ans Ende deiner Tage ... Die blinde Hülle überlasse ich gern dieser armen, schwindsüchtigen Hure.« Sie hob blitzschnell die Hand und schlug Trottau mitten ins Gesicht. Dann zog sie ihn wieder zu sich heran und küßte ihn mit einer Wildheit, die ihn wehrlos machte.

»Warum hast du meinen Himmel niedergerissen?« stammelte sie.

»Und der Zar?« fragte Trottau tonlos. »Wie wird man dem Zaren erklären, daß sein Arzt und Freund geblendet wurde?«

»Die Bojaren.« Marja lächelte böse. »Es waren die Bojaren, wird man sagen. Um Iwan ins Herz zu treffen, haben sie seinen Freund geblendet. Skuratow, Boris Godunow ... sie alle werden jammern und schwören. Aber der Zar wird ihnen nicht glauben. Ich werde sie anklagen, und er wird sie vernichten. Es ist ein dreifacher Erfolg, mein Liebling: Der Zar ist zufrieden, ich behalte dich — und die Macht der Bojaren ist gebrochen. Der Zar regiert — aber ich werde ihn leiten.«

»Du bist ein Satan!« murmelte Trottau. »Ich werde dem Zaren die Wahrheit sagen.«

»Sei kein Narr, Andrej«, erwiderte die Zarin beinahe traurig. »Laß mir etwas von dir übrig. Auch Zungen kann man herausreißen — aber ich möchte, wenn du schon nicht mehr sehen kannst, deine Stimme hören. Ich möchte dein ›Marjuschka‹ hören. Niemand spricht es so zärtlich aus wie du.«

Sie drehte sich um und ging schnell hinaus.

»Du hast eine gute Frau, Blattjew«, sagte die Zarin draußen laut. »Und eine hübsche Tochter. Sie werden mir ans Herz wachsen, ich werde mich um sie kümmern. Iwan, es war heute ein schöner Tag . . .«

XXI

Vor der Falltür im Schreibzimmer des Zaren standen vier Strelitzen. Sie wußten nicht, warum. Sie hatten nur den Befehl erhalten, hier zu stehen und jeden, der aus der Falltür kommen sollte, zu töten. Auch im Garten standen vier Soldaten um einen Busch, und die Zarin selbst hatte gesagt: »Wenn in diesem Busch ein Mann und ein Mädchen auftauchen, stoßt sofort zu mit euren Piken.«

Das war ein sonderbarer Befehl, denn wie sollen aus einem Busch plötzlich ein Mann und ein Mädchen kommen. Aber wenn die Zarin so etwas sagt, soll man nicht nachdenken, sondern gehorchen.

Und so standen die vier Strelitzen im Schnee, froren und starrten auf den verdammten Busch und sehnten sich nach einem Becher Tee und dem schönen warmen Plätzchen oben auf dem heißen Ofen in der Wachstube.

Der Zar war wieder in der Kirche und lauschte dem Gesang der Mönche, zusammen mit der Zarin, die bleich und steinern auf einem goldenen Stuhl saß und auf die Ikonostase starrte.

Der Zar hatte die Augen geschlossen und genoß den Gesang. An Lumansowski dachte er nicht mehr. Iwan war selig über den herrlichen Klang der Männerstimmen. Gab es etwas Schöneres? Konnte man Gott mehr loben als durch diesen wunderbaren Gesang?

Der Metropolit, der hinter Iwan stand, beugte sich zu dem Zaren vor. »Erhabener«, sagte er, »keiner versteht, wie es geschehen konnte — aber das Volk weiß, daß Ihr in Moskau seid. Man will zu Euch pilgern, um Eure Rückkehr auf den Thron zu erflehen.«

»Sei still, Vater Philipp«, antwortete Iwan mit geschlossenen Augen. »Diese Stimmen, diese herrlichen Stimmen . . .«

»Morgen in der Frühe wird das Volk Euch huldigen, Herr. Moskau wird von tausend Fackeln erleuchtet sein. Rußland ruft nach Euch.«

»Ich kehre heute noch nach Alexandrowskaja sloboda zurück.« Der Zar blickte zur Seite. Marja saß steinern auf ihrem Stuhl, bleich leuchtete ihr orientalisch-zauberhaftes Gesicht. »Hat man Trottau gefunden?« fragte Iwan.

»Ja«, antwortete Marja. »Er wartet auf uns. Er behandelt gerade den Bojaren Jurjew.«

»Jurjew ist hier und nicht in Alexandrowskaja sloboda?«

»Er ist uns nachgeritten, der Teufel weiß, warum.« Mit diesen Worten baute die Zarin ihr Lügengebäude auf. Es würde heißen, Jurjew habe Trottau geblendet. Heute noch, dachte sie. Und dann zurück nach Alexandrowskaja sloboda. Mein blonder Bär . . . Du hattest so schöne blaue Augen. Warum belogen sie mich so grausam . . .

»Jurjew ist so wild geritten, daß Trottau ihm den Hintern einsalben muß«, sagte sie. Der Zar lachte leise.

»Ein treuer Mensch, der Jurjew.«

Marja schwieg. Warte es ab, dachte sie. Nachher wird man Trottau zu dir an den Schlitten führen, und aus seinen leeren Augenhöhlen wird noch das Blut rinnen. Und ich werde schreien: ›Das war Jurjew! Das waren die Bojaren, deine guten Menschen!‹

»In drei Stunden fahren wir«, erklärte der Zar. »Wenn das Volk mich suchen will, soll es nach Alexandrowskaja sloboda kommen, Väterchen.«

»Ja, Erhabener.« Der Metropolit beugte sich wieder über die Schulter des Zaren.

»Ich werde warten. Und sie sollen barfuß kommen, barfuß vor mir im Schnee stehen. Dann will ich mich entscheiden, ob ich nach Moskau zurückkomme.«

»Sie werden es tun, Erhabener«, erwiderte der Metropolit. »Und ich werde an ihrer Spitze gehen.«

»Still!« Iwan hob die Hand. »Sie singen die Lobpreisung des Herrn. Diese Stimmen, diese Stimmen ...« Er senkte den Kopf und weinte.

Leise verließ die Zarin die Kirche. Sie wollte zusehen, wenn man Trottau die Augen ausstach, und dabei weinen ...

Es gab noch einen dritten Ausgang aus der Unterwelt unter dem Kreml, einen, den die Zarin nicht kannte. Nur die Blattjews wußten davon. Es war eine Eisentür, die in einen Marmorkamin in der Betkammer des Zaren führte.

Durch diesen Ausgang flüchteten Trottau und Xenia. Es war ein schneller Aufbruch gewesen. Xenia hatte nur ein paar Kleider und etwas Wäsche zu einem Bündel zusammengerollt, dann hatte Massja weinend Trottau und Xenia geküßt und Gottes Segen auf sie herabgefleht. Zum letztenmal setzte sich Blattjew auf die Steinbank und blies zum Abschied ein Hirtenlied auf seiner Schalmei. Dann ergriff er sie mit beiden Händen, schmetterte sie gegen die Quaderwand und heulte auf, als das Instrument zerbrach.

Er blieb mitten im Zimmer stehen, sah Trottau aus seinen treuen Augen an. Sein Mund, diese arme, zungenlose Höhle, klaffte auf, er grunzte und lallte, griff unter seinen Rock, holte eine kleine abgegriffene Ikone hervor und sank dann auf die Knie.

Auch Xenia und Trottau knieten nieder, und Blattjew segnete sein Kind, das er nie wiedersehen würde, und betete für seinen neuen Sohn, der ihn für immer verließ. Er legte die Ikone auf ihre Häupter, drückte sie an ihre Lippen und schenkte Xenia dann die rissige, bemalte, abgeschabte Holzfigur — das Heiligste, was Blattjew verschenken konnte.

Dann sprang er auf, stöhnte dumpf, als Massja sich mit dem Gesicht gegen die Wand drückte, weil sie nicht zusehen wollte, wie sie ihr Kind verlor. Blattjew riß eine Fackel aus den Eisenringen und schwenkte sie über seinem struppigen Kopf.

»Mütterchen«, schluchzte Xenia, »Mütterchen, warum gehst du nicht mit?«

»Mach, daß du wegkommst!« schrie Massja. »Kein Wort mehr! Andrej, Söhnchen, nimm sie an der Hand und lauf los! Lauf schon! Wollt ihr mich umbringen? Wollt ihr mir das Herz brechen? Igor, treib sie mit dem Knüppel vor dir her! Sie sollen nichts mehr zu mir sagen . . .«

Auch Blattjew bebte vor Schluchzen, aber er packte Trottau an der Schulter und stieß ihn aus der Wohnung. Xenia folgte ihm.

»Mach sie glücklich, Söhnchen!« schrie Massja mit letzter Kraft. »Mach sie gesund! Verlaß sie nie . . .«

»Ich schwöre es dir bei meiner Mutter, Massja«, sagte Trottau. Es war ein entsetzlicher Abschied, weil er endgültig war. Und es mußte schnell gehen — die Zarin ließ ihnen keine Zeit mehr.

Trottau und Xenia rannten Blattjew nach, durch unbekannte Gänge und über nie begangene Treppen, bis sie an der Eisentür zum Kamin standen. Blattjew stieß sie auf — der Weg ins Leben war frei.

Mit zwei rohen Stößen trieb Blattjew Trottau und Xenia durch die Tür und warf sie hinter ihnen zu. Er konnte nicht anders, und Xenia und Trottau verstanden ihn. Für Blattjew war damit sein Leben abgeschlossen. Er hatte in der Unterwelt und mit seinen Bären nur für Xenia gelebt. Er hatte die Feinde des Zaren getötet und die Mitwisser erwürgt, er hatte alles getan, nur um für Xenia zu leben, sein Kind, für dieses Wunder unter der Erde, das er nie ganz begriffen, aber wie ein unverdientes Geschenk hingenommen hatte.

»In einer halben Stunde haben wir Moskau hinter uns«, sagte Trottau atemlos. »Wir müssen nur noch Sabotkin holen.«

Sie fanden Sabotkin noch immer auf dem Boden, von einer großen Blutlache umgeben. Aber er lebte. Und er hob den Kopf, als er seinen Herrn sah. Ein müdes Lächeln verzerrte seine aufgeplatzten Lippen, er streckte sich aus, als könne er jetzt ruhig sterben.

»Ich habe nichts verraten«, keuchte er mühsam. »Herrchen, reitet fort. Die Zarin ist gekommen.«

»Ich weiß es, Afanasi.« Trottau kniete neben dem Verletzten nieder. Er untersuchte ihn rasch und stellte fest, daß die Wunden nicht so schwer waren, wie sie aussahen. Nur der Blutverlust war groß und machte Sabotkin unfähig, aufzustehen.

»Beiß die Zähne zusammen, alter Idiot!« sagte Trottau. »In acht Tagen bist du ein freier Mensch.« Er faßte ihn unter die Schultern und richtete ihn auf.

»Reitet, Herrchen, reitet!« Sabotkins Kopf fiel auf die Brust. Die Schwäche in ihm war zu groß. »Ihr seid ein guter Mensch. Gott wird Euch immer segnen.«

»Steh auf!« schrie Trottau.

»Ihr müßt reiten, Herrchen«, stöhnte Sabotkin. »Ich bin nur eine Eisenkugel an Euren Beinen . . .«

»Aufstehen sollst du!« Trottau zögerte einen Augenblick. Dann schlug er zu, schlug in dieses gemarterte, blutige, geschwollene Gesicht hinein. Und das war etwas, was der Leibeigene Sabotkin verstand, was seine letzte Kraft weckte, ihn auf die schwankenden Beine brachte: Mein Herrchen prügelt mich, ich muß gehorchen. Er hat befohlen, steh auf, also mußt du aufstehen, ganz gleich, wie du es schaffst.

Und er schaffte es. Er tappte ein paar Schritte, stützte sich dann auf Trottau und schwankte aus dem Zimmer.

Sie erreichten eines der kleinen Tore in der Kremlmauer,

an der nur ein Strelitz stand und Wache hielt. Er kannte den Arzt der Zarin, schloß die Pforte auf und dachte, daß Trottau zwei Kranke in irgendein Siechenhaus brachte.

Nach zehn Minuten waren sie im Stall, in dem der Schlitten und die Pferde warteten. Der Fuhrmann spannte sie ein, Trottau legte Sabotkin in das Stroh und versteckte Xenia daneben, breitete zwei dicke Hundefelle über sie und sprang dann auf den hölzernen, schmalen Sitz.

Der Himmel hatte sich wieder bezogen. Es schneite dicke Flocken, die wie zerrupfte Watte aussahen.

»Gute Fahrt, Euer Gnaden!« rief der Fuhrmann. Er verbeugte sich tief, ließ die Zügel los. Trottau schnalzte mit der Zunge, die drei Pferde wieherten auf und legten sich ins Geschirr.

»Werden wir Rußland wiedersehen?« fragte Xenia leise.

»Nein«, sagte Trottau. »Dieses Rußland nicht.«

»Dann laß mich Abschied nehmen, Andrej ...« Sie richtete sich auf, breitete die Arme aus, und so fuhren sie hinaus aus Moskau. Und es war, als umarme Xenia dieses herrliche Land, diese mächtige Stadt, diese gläubigen, seit Jahrhunderten geknechteten und dennoch guten und fröhlichen Menschen.

Eine halbe Stunde später stieg die Zarin hinab in die unterirdischen Gewölbe. Vier Strelitzen begleiteten sie. Einer von ihnen trug in einem mit Samt ausgeschlagenen Kasten eine lange, spitze, silberne Nadel.

Marja sagte nichts, als sie sah, daß sie zu spät kam. In Xenias leerem Zimmer knieten die Blattjews und beteten, eng beieinander, Kopf an Kopf, vereint in einem Leid, für das es keine Worte mehr gab.

Die Zarin lehnte sich an die Wand und blickte auf das Strohlager. Und sie zerfleischte sich innerlich selbst, indem sie daran dachte, daß dort ihr blonder Geliebter mit einer anderen Frau gelegen und diese Frau mehr geliebt hatte als sie, die mächtigste Herrscherin der Welt. Auch für Marja war es ein

Abschied für immer. Der Abschied von einer Liebe, die Trottau nie ganz begriffen hatte.

Wenn die Zarin danach wieder hinaufstieg in den Kreml, würde die Welt ein Ungeheuer mehr bekommen haben. Und noch Jahrhunderte später, immer und immer wieder würden die Geschichtsforscher ratlos vor dem Phänomen dieser Frau stehen und eine Erklärung suchen, warum ein Mensch sich so hatte verwandeln können. Sie würden an alles denken, an Krankheit und ererbten Wahnsinn, an Sadismus und Übersättigung. Aber an eines würden sie nicht denken: an den Tod einer großen Liebe.

Blattjew mußte weiterleben. Sein Tod hätte den Zaren aufgescheucht. Igor und Massja waren sicher solange auch Iwan lebte. Und das war das Niederschmetterndste für Marja: Es gab keine Rache mehr für sie.

Sie trat an Blattjew heran, stieß ihm den Fuß in die Seite und deutete auf die vier Strelitzen. Igor Igorowitsch erhob sich gehorsam und ging. Nacheinander führte er die Strelitzen in die kleine Kammer und erwürgte sie mit dem Hanfstrick, während die Zarin allein in den Kreml zurückkehrte.

Fünf Tage lang tobte Iwan, schrie nach Trottau, ließ Soldaten nach ihm ausschwärmen, peitschte die Kremlwachen zu Tode. Er holte Hellseher und Zauberer nach Alexandrowskaja sloboda, Kartenleger und Wahrsager und versprach Gott drei Kathedralen — die schönsten der Welt — wenn man Trottau wieder herbeischaffte.

Am sechsten Tag lag Iwan weinend in Marjas Schoß — wie ein Kind, das sich bei seiner Mutter verkriecht. Und die Zarin streichelte sein spitzes, eingefallenes Gesicht und sagte: »Iwanuschka, er war wie ein Adler! Kannst du einen Alder in einem Käfig halten?«

»Er war der einzige Mensch, mit dem ich reden konnte«, stöhnte der Zar.

Und er war der einzige Mensch, den ich lieben konnte, dachte die Zarin.

»Uns bleibt Rußland, Iwan«, erwiderte sie.

»Ein Land, das mich tötet. Ein Volk, das mich verflucht. Überall nur Verrat ... Marja, ich friere ...«

Sie umfaßte ihn, drückte ihn an sich und wärmte ihn mit ihrem Körper. So schlief der Zar ein.

Am Neujahrstag des Jahres 1565, morgens gegen neun, überfuhr Trottau mit seiner Troika die polnische Grenze bei Polozk. Er war in Sicherheit.

Hinter ihm schliefen Xenia und Sabotkin. Der treue Riese, dessen Wunden heilten, und Xenia, die mit großen blauen Augen die Welt bewunderte und jede Stunde mindestens einmal fragte: »Andrej, sind wir frei? Sind wir wirklich frei?«

Gleich hinter der polnischen Grenze hielt Trottau die Troika an, sprang vom Bock, rannte zu den Pferden, umarmte sie und küßte ihre dampfenden Nüstern. Dann weckte er Sabotkin und Xenia, riß die Felldecken von ihnen und zog sie aus dem warmen Stroh.

»Polen!« schrie er. »Und dort hinten ist Preußen! Verschlaft nicht die herrlichste Stunde eures Lebens! Wir stehen auf freiem Boden!«

Xenia kletterte aus dem Schlitten. Sie ging ein paar Schritte zurück, blieb dann stehen und blickte hinüber in die weiße, nur von der Spur ihres Schlittens und der Pferdehufe durchpflügten Weite.

»Und dort ist Rußland«, flüsterte sie und lehnte sich gegen Trottau. Ein leichter Wind trieb den Schnee über das Land und begann, langsam die Spuren zuzudecken. »Mein Rußland ...«

Sie tastete nach Trottaus Händen, hob sie hoch und preßte sie gegen ihren Mund. »Gott schütze Rußland.«

Sie blieben stehen, bis der Wind ihre Spuren im Schnee verweht hatte.

ENDE